Sarah Schulman

Ohne Delores

Aus dem Amerikanischen von Isolde Tegtmeier

Ariadne Krimi 1025
Argument

Titel der amerikanischen Originalausgabe: After Delores

Lektorat: Martina Friedrich u. Else Laudan

Deutsche Erstausgabe
1. – 15. Tausend Januar 1992

Verlag: Rentzelstraße 1, 2000 Hamburg 13,
Tel. 040/45 36 80 – Fax 040/44 51 89
Titelgraphik: Johannes Nawrath – Signet: Helga Damm
Texterfassung durch die Übersetzerin
Gesamtherstellung: Clausen & Bosse, Leck
ISBN 3-88619-525-2

Für Julia Scher
und im Gedenken an Jean Genet

Danksagung

Ich danke allen, die sich die Zeit nahmen, dieses Manuskript in den verschiedenen Stadien seiner Entstehung zu lesen und mit mir zu besprechen. Besonders hilfreich waren Susan LaVallee, Shelly Wald, Kathy Danger, Beryl Satter, Julia Scher, Bettina Berch, Steve Berman, Robin Becker, Anne D'Adesky, Carole Maso, Charlie Schulman, Maxine Wolfe, Migdalia Cruz, Susan Seizer, Erica Van Horn, Wendy Patterson, Ana Maria Simo und Abigail Child.

Meine Herausgeberin, Carole DeSanti, hat zu diesem Projekt stets kluge und kreative Beiträge geleistet.

Für ihre großzügige Unterstützung in Zeiten der Not danke ich Andrea Kirsch, Laura Flanders, Charlie Schulman, Steve Berman, Laurie Linton, Bettina Berch, Peg, Leslie und der New York Foundation for the Arts.

Die erste Fassung von *Ohne Delores* entstand in der MacDowell Colony. Ich danke der Verwaltung und den Künstlerinnen, die ich dort kennenlernte, für die positive Erfahrung, die sie mir ermöglicht haben.

Ohne Delores stellt zum Teil eine persönliche Reaktion auf das Theaterstück *Pickaxe* dar, dessen Autorin und Regisseurin Ana Maria Simo ist.

Ich war gut, aber ich wurde schlecht,
weil ich zu viel von anderen Menschen erwartete.
Delmore Schwartz

1

Ich ging raus in den Schnee und versuchte, Delores' Geist zu entkommen. Er saß oben in der Wohnung und wartete auf mich.

Schnee puderte den Gehsteig zu, aber ich hatte schon zu viele Winter erlebt, um noch überrascht zu sein, wie schön sie sein können. Der Himmel wurde zu durchsichtiger Plastikfolie, die sich neben mir durch die Straßen bewegte und die Stadt in eine Nacht transparenter Korridore verwandelte. Ich durchquerte sie, um noch das eine oder andere Bier zu trinken, in verschiedenen Lokalen, und landete schließlich auf einem großen, ausgelassenen Kostümfest im Kellergeschoß einer alten Internatsschule.

Dort verwandelte sich die Winternacht, die aus Mauern bestanden hatte, in Männer und Frauen, die miteinander oder für sich allein tanzten oder gar nicht tanzten. Noch ein Drink, und meine Gesichtshaut wurde taub. Da konnte ich mich zum ersten Mal an diesem Tag entspannen. Und dann sah ich Priscilla. Eine Frau war als Priscilla Presley verkleidet, mit schwarzer Langhaarperücke und einem Mini-Hochzeitskleid, das zu sagen schien »ich bin eine Nutte, aber eigentlich bin ich noch Jungfrau«, genau wie Elvis es gern hatte. Sie war so heiß in dem Kleid, daß ich mich dabei ertappte, wie ich sie beobachtete, während sie lässig durch den Saal schlenderte, Autogrammkarten von The King verteilte und Dexedrin schluckte. Als ich ihren Blick auffing, kam sie wie bei einer Nahaufnahme auf mich zu und sagte im süßesten Texarkana-Tonfall: »Süße, nimm mich mit in deinem Chevrolet.«

»Du siehst gut aus in dem Kleid«, sagte ich.

Da lächelte sie, aber ich wußte, daß es ihr todernst war.

»Wie gut?«

»Total gut.«

Es ging alles so schnell, daß ich beinahe überrascht war, als Priscilla mit mir zu einem Stuhl ging und mir ihre Brüste ins Gesicht drückte. Ich ließ meine Hand den Abhang ihres Hintern heruntergleiten, bis zu dem Tafelberg, den die Oberseite ihres Schenkels bildete, dann zog ich am Gummi ihres Strapsgürtels und ließ es hörbar zurückschnappen.

Sobald wir auf der Tanzfläche waren, wurde es noch heißer. Ich war noch nie so schnell so heiß auf eine Frau gewesen, die ich gar nicht kannte. Sie wickelte mir ihren pinkfarbenen Tüllschleier um, und ich konnte das Knistern von Polyester hören, als sich unsere Körper aneinander rieben.

»Du machst mich total an, Priscilla.«

Sie blickte auf, mit ihrem orangefarbenen Lippenstift und mit tonnenweise schwarzem Lidstrich, und sie roch nach billigem Parfüm wie »Charlie« oder »Sen-Sen«.

»Süße, du hast kräftige Arme. Mein Daddy ist beim Militär, und ich weiß, was Kraft ist, wenn ich sie spüre.«

Die Musik hörte auf, und alle liefen wieder durcheinander, doch ab und zu sah sie zu mir herüber, und ich wußte genau, wie heiß es werden würde.

Es waren in dieser Nacht vielleicht hundert Leute da, aber ich hatte nur Augen für Priscilla; die übrige Zeit saß ich ganz versunken auf dem Stuhl, als würde ich schlafen oder einfach warten. Auf dem Stuhl träumte ich, mir würden alle Zähne ausfallen, in meine Hände. Ich versuchte sie mir wieder reinzustopfen, bis ich davon aufwachte, daß Priscilla sich über mich beugte, rot und bebend. Ihr aufgesetztes Gehabe war verschwunden. Ihr Akzent auch.

»Diese Schlampe«, sagte sie.

»Was ist los?«

Ich dachte, sie meinte mich.

»Die Schlampe in der Lederjacke. Diese Frau hat mich gefickt, und dann hat sie mich nochmal gefickt, und jetzt werd' ich ihr dafür die Hölle heißmachen.«

Sie schüttelte ihre Armreife auf ihre Handgelenke herunter, und wie sie das tat, zeigte mir, daß Pris eine ganz normale altmodische Femme war. Sie würde es fertigbringen, geradewegs zu Frau Lederjacke hinüberzugehen, ihr eine runterzuhauen und damit eine riesige Szene heraufzubeschwören. Priscillas Blut kochte. Sie stampfte mit den Füßen.

»Ooooooh, diese Schlampe.«

»Pris«, sagte ich und wurde schlagartig nüchtern. »Bevor du sie fertigmachst, zieh dir doch erst mal dein Kostüm aus.«

»Gottverdammte Schlampe, das wird sie mir büßen.«

»Pris, mein Schatz.« Ich legte ihr meine Hände auf die Schultern. »Zieh dir das Kostüm aus. Du wirst dich besser fühlen.«

»Meinst du?«

»Aber ja. Sie wird dich niemals ernst nehmen, in einem weißen Mini-Hochzeitskleid. Komm schon. Ich helfe dir beim Umziehen.«

Als wir in das ungeheizte Hinterzimmer schlüpften und sie ihre Perücke abnahm, wurde mir bewußt, daß ich wohl besser meine Trinkerei in den Griff kriegen sollte, um nicht in Situationen wie diese zu geraten. Sie stieg aus ihrem Kleid und ließ es verknäuelt auf dem Boden liegen. Sie wusch sich das Make-up vom Gesicht und trug ihr normales Make-up auf, nahm ihre orangefarbenen herzförmigen Ohrringe ab und zog sich ein nettes Hemd und eine nette Hose an. Dann ging sie los, um dieser Frau die Meinung zu sagen.

Der Raum war in dieser Nacht so von allgemeinem Tumult und schrägem Treiben erfüllt, daß es erst niemand merkte, als Pris zu schreien anfing. Sobald die Leute es aber mitbekommen hatten, hielten alle inne, standen herum und sahen eine Weile mit unverhohlener Neugier zu, wie es zwischen den beiden zur Sache ging. Frau Leder krümmte sich wie ein großer Hund, der an einer kurzen Leine zerrt, und versuchte sich eiligst zu verdrücken. Pris scherte sich nicht im geringsten darum, was irgend jemand von ihr dachte. Sie schimpfte in einem fort und ließ keine Sekunde locker. Ich konnte an ihrem Gesicht ablesen, daß sie so richtig in Fahrt war. Einige der Schwulen auf der Tanzfläche hatten ihren Spaß daran, daß jemand fertiggemacht wurde, während die meisten die ganze Katzenrauferei für eine ziemlich schmutzige und unpassende Angelegenheit hielten. Doch ich war glücklich. Etwas daran fand ich aufregend. Wenn du den richtigen Moment abwartetest, konntest du dich letztendlich rächen. Bis zu dieser Nacht war es mir noch nie in den Sinn gekommen, mich zu wehren. Ich hatte immer noch Angst vor den Folgen. Aber ich fuhr total ab auf Priscillas drohend erhobenen Zeigefinger, ihre stolz gestrafften Schultern, ihren Mund, der sich so schnell bewegte, daß er ihr aus dem Gesicht flog. Sie tanzte einen Tanz namens Revanche. Es war lange her, daß ich mich für jemand anderes interessiert hatte als für Delores, doch vielleicht war Priscilla eine gute Fee mit einem schweren Fall von Fünfziger-Jahre-Nostalgie. Ich begann zu glauben, daß ich vielleicht eine Verkleidungsfetischistin war. Aber welche Frau würde sich schon für mich verkleiden wollen? Ich konnte praktisch kommen, wenn ich nur daran dachte. Doch sie war nicht wirklich Priscilla Presley, also Schluß damit.

Als Frau Lederjacke heimgekrochen und das ganze Schlachtfeld aufgeräumt war, lag ich in einem tiefen Traum und dort blieb ich, bis Pris mir auf die Schulter tippte und wir uns draußen im Schnee wiederfanden.

»Dieser Winter ist nichts wert«, sagte ich. »Er bringt dir nichts. Keine Stille, kein Verkehrschaos, kein Weiß überall. Nichts.«

Priscilla hatte keine richtigen Winterschuhe an, ihre Füße müssen also patschnaß gewesen sein in diesen dünnen Dingern mit den spitzen Absätzen. Trotzdem genoß sie den Himmel voll Schnee; ihr Gesicht leuchtete im Licht der Straßenlaternen.

»Delores hat mich verlassen«, erzählte ich ihr.

»Laß mich raten«, sagte sie mit einem Miß-Dingsbums-Ton in der Stimme. »Sie hat dir total weh getan und alles, was du brauchst, ist eine, die dich mit nach Hause nimmt und dafür sorgt, daß es dir besser geht.«

»Das habe ich nicht gesagt.«

»Das brauchtest du auch gar nicht.« Sie klatschte in die Hände und fing den Schnee ein. »Ich bin klein und ich bin niedlich, und mir haben schon genug Frauen gesagt, das sei *alles*, was sie wollen, so daß ich jetzt weiß, daß das *alles* ist, was überhaupt eine will.«

»Willst du ein Bier?« fragte ich, weil ich selbst eins wollte.

»Kauf mir ein Stück«, sagte sie und führte mich zu einem Pizza-Imbiß, der von angehaschten, breit grinsenden Arabern geführt wurde. Gelbes Plastik, zu grelles Licht, und überall Poster vom Yemen und fettfleckiges Wachspapier. Unter ihren Lederhandschuhen kamen fünf lange, lackierte Nägel an ihrer rechten Hand und drei lange, lackierte Nägel an ihrer Linken zum Vorschein. An Zeige- und Mittelfinger waren sie bis zur Nagelhaut abgeschnitten, nicht abgekaut.

»Linkshänderin?«

»Ich liebe mit links«, sagte sie gedankenvoll und streckte ihre Hand in das fluoreszierende Licht. »Wenn sie zu lang werden, ist es deprimierend, denn ich bin nicht gern ohne. Aber versteh mich nicht falsch, ich glaube durchaus an die

Liebe.« Sie hatte ein verträumtes Teenagerlächeln auf ihrem Gesicht. »Willst du wissen, was ich weiß?«

»Klar.« Meine Stimme kam wie ranzige Butter heraus.

»Okay, hier ist sie, Priscilla Presleys Philosophie der lesbischen Liebe. Erstens, Geliebte sind schön und gut, aber wenn es zu ernst wird, ist jeweils nur Platz für eine. Zweitens, es muß in deinem Kopf genauso vorbei sein wie auf dem Papier. Drittens, jede braucht Zeit zwischen ihren Beziehungen, um wieder zu sich selbst zu kommen. Merkst du, wie einfach das Leben sein kann?«

»Aber Delores hat mich verlassen«, sagte ich.

»Ja, schon, aber sie hat dich immer noch an den Eiern.«

Sie zupfte mit diesen kirschroten Nägeln den Käse von ihrer Pizza; Fett tropfte überall auf den Boden.

»Du bist eine eingefleischte Lesbe, nicht wahr, Pris? Du glaubst an die Ehre.«

»Ich habe mich noch nie von einem Mann berühren lassen«, sagte sie. »Und viele haben es versucht. Ich nehme mich selbst sehr ernst.«

Ich ging nach nebenan, um mir ein Bier zu holen, und nahm auch eins für sie mit. Priscilla war so etwas wie ein Engel mit einer wichtigen Botschaft. Ich hatte ihr eine Frage zu stellen, und zwar: »Ist Liebe immer der Mühe wert?« Doch als ich zurückkam, war sie fort. Nur ihre kleine schwarze Handtasche hatte sie liegengelassen, einsam wie ich auf einem gelben Klappstuhl. Darin war ihr Adreßbuch und ein Revolver.

2

Die Frühschicht begann um sechs Uhr fünfundvierzig, aber ich stempelte um sieben ein, wenn ich mal einen guten Tag hatte. Es war noch dunkel draußen, egal zu welcher Jahreszeit. Die Crew wartete schon immer in ihrem Frühmorgen-Gehabe.

»Du siehst aus, als hättest du die ganze Nacht durchgebumst«, sagte Rambo, der in seinen Militärhosen an der Kasse lehnte; bereit, seine dummen Sprüche für die ganze Woche abzulassen.

»Lächeln«, sagte Dino jeden Morgen, während er Speck für die fünfzig Hamburger mit Speck, Tomate und Salat ausbriet, die er zum Lunch zubereiten würde.

»Komm und such die Totozahlen für mich aus«, sagte Joe, der Koch. Er stand in der Küche und schüttete Zucker an alle Gerichte, denn Herbie, der Boß, war so ein Geizhals, daß er nicht wollte, daß Joe Eier an den Hackbraten tat oder Gewürze verwendete. Schließlich gab Joe es einfach auf, schmackhaftes Essen zuzubereiten, und schüttete statt dessen Zucker dran.

Die Gäste im »Herbie's« waren der lebendige Beweis dafür, daß du bist, was du ißt. Die Frühstückstruppe war nicht allzu faszinierend, abgesehen von den beiden, die eine Affäre miteinander hatten. Sie kamen jeden Tag vor der Arbeit verstohlen für ein paar Minuten zusammen hereingeschlichen; zuerst der Typ, der nervös seinen Kaffee anstarrte. Dann kam die Frau. Sie trug ihr Haar hochgesteckt wie Loretta Lynn, und sie bestellte immer amerikanischen Käse auf englischem Toast und ein Glas Wasser mit Strohhalm. Sie hielten über den Tisch hinweg Händchen und sagten Dinge wie »Hast du gestern abend Mel Tormé in 'Night Court' gesehen?« Dann setzte sie sich zu ihm auf seine Seite der Sitznische, und ich ließ die beiden in Ruhe, bis die Frau um halb acht zur Arbeit bei der Telefongesellschaft auf der anderen Straßenseite mußte.

Jeder Tag war wie der andere. Er begann mit dem Frühstück; das ist immer einfach. Die meisten Leute wollen »zwei Spiegeleier, von beiden Seiten gebraten« oder »zwei Rühreier, gut stocken lassen«. Du mußt sie immer fragen, welche Art von Toast sie wollen. Dann lassen sie dir 'nen Vierteldollar liegen, weil sie der Meinung sind, ein Frühstück sei nicht so viel Trinkgeld wert wie andere Mahlzeiten. Ich würde sie gern mal daran erinnern, daß eine U-Bahn-Karte immer einen Dollar kostet, egal wann sie damit fahren.

Herbies Mutter kam um elf rein; sie schleppte Einkaufstüten voller Discount-Papierhandtücher, oder Honigkuchen, der bei einer Party ihrer Schwiegertochter übriggeblieben war. Herbie konnte ihn für einen Dollar pro Stück verkaufen. Joe nannte sie den »Geölten Blitz«, weil sie sich langsam bewegte, es aber trotzdem schaffte, die Trinkgelder für die Kellnerin direkt von den Tischen zu klauen. Wenn du sie dabei auf frischer Tat ertapptest, gab sie es dir zwar vielleicht zurück, aber Momma war eine von den Chefinnen, die es haßten, ihre Angestellten essen zu sehen, weil sie ihr Geld in ihren Mündern verschwinden sah. Sie haßte es, sie zu bezahlen oder mit anzusehen, wie sie Trinkgelder bekamen, denn irgendwie hätte das Geld ihr gehören sollen. Ihr Sohn war genauso, ein Geizhals. Herbie behauptete, der Frühling beginne am ersten März. Dann drehte er die Heizung ab, was eine Menge Gäste nach nebenan in den Texas-Chili-Imbiß vertrieb.

Den Lunch-Ansturm erlebte ich wie durch einen Nebel, und ich arbeitete so schnell, daß ich manchmal vergaß, daß ich lebte, und statt dessen die Bewegung träumte, während meine Hüften zwischen den Tischen hin- und herschwangen. Das machte am meisten Spaß, weil es dich forderte und weil es so schnell ging, und weil alle in der Crew plötzlich als Team zusammenarbeiteten und das Gefühl hatten, einander näher zu sein. Deshalb war es immer eine Enttäuschung, wenn der Laden um zwei Uhr leer wurde, denn das war alles, was in puncto Geld abging, und der Rest des Nachmittags war dann ein einziges langweiliges Herumsitzen.

Ab drei Uhr kamen die Arbeitenden dazu, etwas zu essen; das sah dann so aus, daß wir uns hier und da etwas stibitzten und es uns in den Mund stopften, sobald Momma oder Herbie uns den Rücken zudrehten. Eigentlich durften wir Eiersalat oder Pommes Frites essen, aber Joe tat dann immer so, als schneide er Corned Beef für einen Reuben-Burger auf, und ließ einen ganzen Haufen auf der Schneidemaschine liegen, von dem wir uns nehmen konnten. Dino vergaß dann, den frischen Obstsalat wegzustellen, so daß wir alle ein nettes Dessert haben konnten. Nur Rambo spielte nicht mit. Er drohte immer, uns zu verpfeifen, aber dazu war er zu feige. Rambo verbrachte den ganzen Tag damit, an die Kasse gelehnt seine Tätowierungen zur Schau zu stellen, oder er redete über die letzte Ausgabe der Zeitschrift *Soldier of Fortune* und darüber, wie sehr er sich wünschte, er hätte rübergehen können in den Libanon oder nach Grenada, statt hier als Reservist festzusitzen.

Die Arbeit war jeden Tag so gleichförmig und das Geschäft ging so schlecht, daß ich nichts anderes zu tun hatte, als Zeitungen zu lesen und danach aus dem Fenster zu starren. Dabei dachte ich an traurige Dinge. Ich konnte nichts dafür. Also fing ich an, mit Joe hinter dem Grill zu trinken. Ich nehme an, ich hätte bloß mal ein paar Wochen Schlaf gebraucht, aber statt dessen mußte ich arbeiten gehen; das Trinken war also eine Art Kompromiß zwischen beidem. Ich war jedoch so schlau, es unter Kontrolle zu halten; die Kundschaft sieht dich sonst so komisch an, und dann fühlst du dich paranoid und tust dir selbst leid.

Wenn ich früher aus dem Restaurant nach Hause kam, war Delores da.

»Hi, Baby, ich hab dich so vermißt«, sagte sie dann.

Ich steckte meine Nase in ihren Nacken und sagte: »Mmmm, du riechst super.«

»Du nicht«, lachte sie, und diese seltsame Art, sich gleichzeitig über mich lustig zu machen und mich zu lieben, war typisch Delores. »Du riechst nach Eiern und Fett.« Dann gab sie mir einen Kuß aufs Gesicht und einen Klaps auf den Hintern, albern und gemein und unwiderstehlich.

Selbst wenn ich geduscht hatte, roch ich nie so gut wie sie. Ich mußte mich damit zufriedengeben, ein netterer Mensch zu sein, aber was zum Teufel heißt das schon?

3

Priscilla hatte so einen Revolver, wie du ihn bei Barbara Stanwyck erwarten würdest. Er war sehr klein, mit Perlmuttgriff, tödlich, glänzend und weiblich. Ich wußte, wenn ich ihn weiter mit mir herumtrug, würde ich wen töten. Wahrscheinlich mich selbst.

Delores hatte immer ein Bild von Barbara Stanwyck in ihrem Sparbuch liegen. Auf die Rückseite hatte sie ihr liebstes Stanwyck-Zitat geschrieben. »Meine drei Lebensziele sind Essen, Überleben und einen guten Mantel zu haben.« Aber Delores konnte sich nicht mehr erinnern, ob Barbara das selbst gesagt hatte oder ob es aus einem Film stammte.

Delores konzentrierte sich auf die einfachen Dinge im Leben, aber sie bewegte sich auch gern in der Glitzerwelt. Sie nahm nur die Art von Arbeit an, bei der du mit sagenhaft interessanten Leuten zu tun hast. Ich weiß noch, daß ich einmal im Frühling einen Job hatte, bei dem ich mich als Tomate verkleiden und Werbezettel für einen Gemüsestand verteilen mußte. Nicht so Delores. Sie bekam einen Job, der darin bestand, die Firmenchefs von Großkonzernen anzurufen und sie zu fragen, wie sie mit ihren Lear-Jets zufrieden waren. Beide Jobs brachten fünf Dollar die Stunde, aber während ich in den Geschäftsstraßen von Brooklyn herumlief und meine Handzettel verteilte, telefonierte sie von einem Büro in der Fifth Avenue aus.

»Du weißt nie so genau, wen du in Midtown triffst«, pflegte sie zu sagen. »In Brooklyn weißt du es mit ziemlicher Sicherheit.«

Außerdem liebte sie die Zeitschrift *People*. Am späten Sonntagnachmittag gingen wir immer zum Astor Place, wo alle möglichen Leute auf der Straße ihr Zeug verkauften, und sahen uns dort um. Wenn du wolltest, konntest du den Leuten die Schuhe direkt von den Füßen weg abkaufen, so heruntergekommen sahen die alle aus. Manche hatten jede Menge alter Bücher vor sich ausgebreitet, oder Kaffeekannen und Radios, die sie offenbar gerade frisch geklaut hatten. Aber manche hatten auch nur ein altes Hemd oder ein paar Zeitschriften, die sie im Müll gefunden hatten. Da kauften wir ein. Delores kaufte sich einige Wochen alte Ausgaben von *People* und ein paar Modezeitschriften für fünfzig Cents; im Laden kosteten sie fünfmal so viel. Wenn wir dann nach Hause kamen, schnitt sie die ausgeflipptesten Klamotten aus und klebte sie an die Badezimmerwand.

»Ist das nicht Wahnsinn«, sagte sie dann. »Echt Wahnsinn.«

Die neue Freundin von Delores hieß Miriam Silverblatt, aber sie änderte ihren Namen, als sie einen Job als Fotografin bei *Vogue* bekam, und nannte sich fortan Mary Sunshine. Das machte sich einfach besser im Impressum. Sie lernten sich kennen, als Delores in einem Geschäft auf der Modezeile arbeitete, wo sie Nerzmäntel mit elektronischen Preisschildern auszeichnete.

Es dauerte zehn Stunden, bis sechshundert Mäntel ausgezeichnet waren, und am Ende des Tages flogen die Mäntel durch die Gegend, als wären sie der letzte Dreck. Sunshine kam herein, um zu fotografieren, und stieß auf Delores, wie sie im Hinterzimmer einen wadenlangen Pelzmantel anprobierte. Sunshine hielt sie für eine Kundin beim Shopping und nicht etwa für eine Verkäuferin, die sechs Dollar die Stunde verdient; sie lud sie zum Lunch ein, und der Rest ist Frauengeschichte. Wenn du dich in wen verknallst, hält du diese Person immer für was, das sie gar nicht ist. Manchmal denke ich, Mode war genau das Richtige für Delores, weil sie so von Illusionen abhängig ist. Die Leute aus der Modebranche erzählen von Berufs wegen unnütze Lügen und verdienen Geld damit, und dann kaufen sie sich davon Hilfsmittel für den Sex. Sunshine hatte eine Penthouse-Wohnung in TriBeCa, legte ihr Geld an und baute sich eine gutbestückte Dildo-Sammlung auf. Sie trug Tweedhosen und teure Lederjacken. Ich weiß das, weil ich sie genau beobachtet habe.

Priscillas Pistole in meiner Tasche zu haben, eröffnete mir ungeahnte neue Perspektiven. Vielleicht konnte ich damit Delores dazu bringen, meine Gefühle ernstzunehmen. Und wenn sie mir dann immer noch nicht zuhören wollte, würde ich Ernst machen. Wenn ich wollte, brauchte ich nur mal morgens nach TriBeCa zu gehen, ganz früh, wenn die letzten LKW-Fahrer ihre Laster beladen. Und dann, wenn Delores und Mary Sunshine aus ihrem Hauseingang herauskämen, könnte ich Sunshine das Gehirn wegblasen. Ich würde es über die ganze Franklin Street verspritzen. Ich müßte mich natürlich auch selbst töten, denn die Welt hat kein Verständnis dafür, daß es in bestimmten Momenten einfach keine Alternative zum Mord gibt. Die Leute sehen deinen Schmerz nicht, wenn du die Mörderin bist. Ich würde mir also die Gedärme aus dem Leib pusten, und Delores würde für den Rest ihres Lebens damit leben müssen. Auf Delores könnte ich nie schießen. Ich liebe sie.

Diese Vorstellung hatte etwas so Faszinierendes für mich, daß ich zu dem Entschluß kam, es wäre wohl besser, Priscilla ihren Revolver so bald wie möglich zurückzugeben. Ich stopfte meine Hemdzipfel in die Hose und ging rüber zu der Adresse, die innen auf dem Einband ihres kleinen schwarzen Buches stand. Auf dessen Seiten war ein unerschöpflicher Vorrat an Frauen verzeichnet; jeder Name war chiffriert und mit einem oder zwei Sternchen versehen, wie bei der Filmkritik auf einem Kinoplakat. Ihr Apartmenthaus lag gegenüber vom »The Blue and The Gold«, wo Delores und ich Dienstag abends immer Billard gespielt hatten. Wir gingen zusammen rüber und spielten um 25 Cents. Delores war eine verdammt gute Billardspielerin, nachdem sie viele Jahre mit allen möglichen kaputten Typen rumgezogen war. Ich selbst war auch nicht schlecht, nachdem ich ein paar Jahre mit Delores rumgezogen war.

Ich habe keinen Fernseher oder so was, deshalb sahen wir immer dort fern, dienstags. Im Sommer war auch manchmal die Klimaanlage an. Delores wußte nie, was sie bestellen sollte, deshalb nahm sie immer ein Bier, bis ich sie mal einen White Russian probieren ließ, und von da an trank sie den immer. Aber sie verstand überhaupt nichts davon, den richtigen Drink für ein bestimmtes Wetter auszusuchen. Im Winter trinke ich gern Bourbon, aber im Sommer ist die richtige Zeit für Gin-Tonic oder Weißen Rum mit Cola. Der Rum wirkt entspannend und die Cola anregend, du wirst also gleichzeitig betrunken und kommst in Fahrt.

Delores war etwa einen Monat vor dem Abend ausgezogen, an dem ich den Revolver bekam. Sie verließ mich an einem Donnerstag, und am darauffolgenden Dienstag ging ich rüber ins »The Blue and The Gold«, in der stillen Hoffnung, sie würde auch dort auftauchen und wir könnten wieder zusammenkommen. Ich nippte an meinem Drink und sah fern, als Delores auch tatsächlich hereinkam, aber mit Sunshine im Schlepptau. Sie zogen eine Show ab wie ein Filmmagnat und sein alterndes Starlet. Ich wußte, daß sie das nur taten, um mir eins auszuwischen und um mich ganz deutlich spüren zu lassen, daß Delores nichts mehr von mir wissen wollte. Sunshine hätte mit ihr in jede beliebige Bar in New York City gehen und mit ihrer American-Express-Karte zahlen können. Im »The Blue and The Gold« nehmen sie nur Bargeld.

Nachdem ich sie entdeckt hatte, saß ich eine Weile reglos da und überlegte, was ich tun sollte. Ich konnte entweder gar nichts tun oder ich konnte vor allen Leuten zu schreien anfangen. Das ist etwas, was ich mir schon als Kind ernsthaft überlegt habe: an den unpassendsten Orten plötzlich aufzuspringen und loszuschreien. Doch als ich den Mund öffnete, kamen meine Worte nur als dünner, weinerlicher Spuckefaden heraus.

»*Delores*!«

Sie sagte nichts, aber sie sah mich an.

»*Delores*.«

»Das ist hier ein öffentlicher Ort«, sagte Delores. »Du kannst niemanden daran hindern, hier hereinzukommen. Du willst immer alles unter Kontrolle haben.«

Sie zog ihre übliche Show ab; dabei reißt sie die Augen weit auf und tut so, als könne sie damit beweisen, daß sie recht hat.

»Schau mal, Delores, wenn du einer die Familie kaputtgemacht hättest, würdest du dich diesen Leuten dann aufdrängen, wenn sie eine Party feiern?«

»Was für eine Party?« fragte Delores. »Wer feiert denn eine Party? Ich habe keine Ahnung, wovon du redest.«

Sie fing an, mit einem Zahnstocher ihre Zähne zu säubern.

»Schau mal, Delores, versetz dich doch mal in meine Lage. Glaubst du nicht, du würdest dich an meiner Stelle auch miserabel fühlen?«

»Nein«, sagte sie. »Mir wäre es egal.«

Also versuchte ich, die Angelegenheit mit Sunshine von Mann zu Mann zu regeln.

»Schau mal, Sunshine, du hast mir vor fünf Tagen meine Freundin weggenommen. Könnt ihr nicht irgendwo anders hingehen, und nicht ausgerechnet an meinem Barabend in meine Bar?«

Sie wandte nicht einmal den Kopf, um mit mir zu reden. Sie ließ einfach muffige Knurrlaute aus ihrem Mund tropfen.

»Du hast mir gar nichts zu sagen«, sagte sie.

In diesem Moment kam mir zum ersten Mal der Gedanke, ihr das Gesicht zu Brei zu schießen. Sie hatte mein Zuhause zerstört, also mußte ich ihr Gesicht zerstören. Sie brauchte meine Bar nicht so wie ich. Sunshine hatte ihren eigenen Fernseher und ihre eigene Videoausrüstung. Sie konnten Videos davon drehen, wie sie es miteinander trieben, und sie sich hinterher zusammen ansehen.

Ich hielt mich also von diesem Schuppen fern, bis weit ins Neue Jahr hinein, bis zu dem Abend, als mich ein Revolver zu Priscilla Presley zurückführte. Ich ging rüber zu dem Haus auf der anderen Straßenseite, und als Pris auf mein Klingeln nicht öffnete, beschloß ich, kurz etwas trinken zu gehen. Ich wollte schon ganz gern warten, bis Pris nach Hause kam, damit ich den Revolver loswürde, und warum sollte ich nicht im »The Blue and The Gold« auf sie warten. Es ist eine von diesen Bars, in denen jeden Abend die gleichen Leute auf dem Rückweg von der Arbeit hängenbleiben und auf den gleichen Barhockern darauf warten, daß es elf Uhr und damit Zeit zum Schlafengehen wird. Außerdem war ich noch nie an einem Mittwoch dort gewesen, und es galt, eine völlig neue Welt von Fernsehsendungen zu erforschen.

Ich war gerade beim zweiten Glas und starrte auf die von Weihnachten übriggebliebene, noch immer blinkende Lichterkette, als vom anderen Ende des Tresens eine Frauenstimme zu mir herüberklang. Es begann als Kitzeln in meinem Ohr, und dann dachte ich eine Sekunde lang, jemand habe den Nerv gehabt, einen ruhigen Rap-Song einzuspielen, aber als sie so nahe an mich herantrat, daß ich ihr Spiegelbild in meinem Eis sehen konnte, wurde mir klar, daß ein richtiger Mensch mit mir redete. Eine Blonde.

»Hey«, sagte sie und zog sich einen Barhocker heran, »Willst du einen Anrufbeantworter für zehn Dollar kaufen?«

4

Wir tranken eine Weile, bis die Frau mich fragte, ob ich den Anrufbeantworter sehen wolle. Ich war müde und brauchte wen zum Reden, also beschloß ich, ihr einfach die Wahrheit zu sagen.

»Ich kann nicht. Ich muß Priscilla Presley ihren Revolver zurückgeben.«

»Mußt du das jetzt sofort tun?«

»Ich denke, das hat Zeit. Ich zeige ihn dir, wenn du ihn sehen willst, aber dazu müssen wir auf die Toilette gehen.«

»Nein danke, ich hab schon mehr Revolver gesehen. Du siehst irgendwie traurig aus.«

»Ich bin traurig.«

Jemand ließ Patsy Cline auf der Jukebox laufen, und das machte mich noch trauriger, aber auf angenehm melancholische Weise, nicht diese schmerzhafte Delores-Traurigkeit.

»Schau mal«, sagte sie mit dem Ernst einer Heranwachsenden, und ich sah, daß sie etwas aus dem Gedächtnis aufsagte. »Du hast die Möglichkeit, dein Leben schön zu gestalten, aber diese Möglichkeit besteht nicht für immer, und sie ist nicht sofort da. Verstehst du, was ich meine?«

»Von wem hast du denn das?«

»Von Charlotte. Das ist meine Geliebte. Also, willst du den Anrufbeantworter nun sehen oder nicht?«

Ich zahlte, klingelte nochmal bei Pris, aber es öffnete immer noch niemand.

»Wahrscheinlich tritt sie im 'Caesar's Palace' auf«, murmelte ich.

»Was?«

»Schon gut. Laß uns den Anrufbeantworter anschauen gehen.«

Aber zuerst mußte sie noch eine Freundin anrufen, die am nächsten Tag eine Abtreibung hatte, um zu erfahren, ob sie mitkommen sollte oder nicht. Es war die letzte kalte Nacht im März, und der Wind wehte geheimnisvoll und unangenehm. Sie rief von der Telefonzelle an der Ecke aus an, während ich mich mit einer Zigarette in den Hauseingang kauerte und versuchte, die Müdigkeit abzuschütteln.

»Du hast deine Tage bekommen«, kreischte sie. »Das ist ja super.«

Die Frau war wohl nur fünf oder sechs Jahre jünger als ich, aber sie gehörte zu einer völlig anderen Generation. Sie trug diese schwarzen Strumpfhosen, den schwarzen Flanellminirock und das übergroße Hemd, das sie alle trugen. Ihr Haar war auf der einen Seite kurz geschnitten und auf der anderen lang mit blondierten Spitzen. Mein Kopf war immer noch in den Sechzigern. Das einzige, was in den letzten beiden Jahrzehnten passiert war, womit ich überhaupt etwas anfangen konnte, war Patti Smith. Als Patti Smith kam, fuhr sogar ich drauf ab, aber dann ging sie fort.

»Wieso hat sie sich denn ohne Schwangerschaftstest einen Termin für eine Abtreibung geben lassen?« fragte ich, während ich ihrer kleinen Ledermütze und einem baumelnden Ohrring folgte.

»Ich weiß nicht, aber sie hat ihre Tage bekommen. Ist das nicht super?«

Sie begann, in Richtung Osten zu gehen, und dann noch weiter nach Osten, bis wir zu weit in der East Side drin waren. *Da haben wir's,* dachte ich, *ich bin mal wieder altmodisch.* Die Vorstellung, daß die Avenue D verbotenes Terrain sei, gehörte der Vergangenheit an. Heutzutage können Weiße überall hingehen.

»Wohin gehen wir?«

»Zu Charlottes Wohnung. Ich habe den Schlüssel.«

»Woher wußtest du, daß es okay war, mir so schnell zu zeigen, daß du eine Lesbe bist?« fragte ich.

»Ganz einfach. Charlotte hat mir den Trick beigebracht. Sie sagt, wenn du mit einer Frau sprichst, und sie sieht dir in die Augen und sieht dich wirklich und hört zu, was du zu sagen hast, dann weißt du, daß sie eine Lesbe ist. Es klappt jedesmal.«

»Klingt so, als wäre Charlotte ein ziemlich ungewöhnlicher Mensch«, sagte ich.

»Ja, schon«, antwortete sie und achtete nicht auf die frierenden Männer in dünnen Jacken, die sie schweigend anstarrten, als wir vorbeigingen. »Bloß ist sie verheiratet ... mit einer Frau, weißt du; sie heißt Beatriz. Ich übernachte manchmal in ihrer Wohnung, wenn sie auswärts Auftritte haben. Charlotte ist Schauspielerin. Das werd' ich später auch mal. Beatriz ist Regisseurin. Die sind anders.«

Unsere Unterhaltung war das einzige Geräusch auf der Straße, und ihr Anteil daran war viel zu laut.

»Es ist ulkig, Charlottes Schlüssel zu haben. Wie bei älteren Leuten.«

»Wie alt ist sie?«

»Achtunddreißig. Mein Vater ist vierzig. Warum haben ältere Leute immer Schlüssel?«

»Weil ältere Leute Wohnungen haben. Sie ziehen nicht rum und übernachten an verschiedenen Orten. Sie wissen, wo sie wohnen.«

»Laß uns Bier holen«, sagte sie und steuerte auf das gelbe Licht einer Bodega zu, die die stählerne Leere von Avenue C beherrschte. Ich beobachtete, wie die spanischen Männer sie beobachteten. Sie war so jung. Sie hatte keine Falten im Gesicht und trug kindlichen blauen Lidstrich, der raffiniert wirken sollte.

»Laß uns eine große Flasche Bud holen und eine kleine Flasche Guinness, und das mischen wir dann. Schmeckt nicht schlecht.«

Ich reichte ihr zwei Dollar über die Regale mit verstaubten puertorikanischen Süßigkeiten und fröstelte.

Sogar in der Wohnung war es kalt.

»Wir schlafen hier nachmittags miteinander, wenn Beatriz weg ist. Charlotte sagt, sie mag den Geruch von jungem Fleisch. Sie sagt, es riecht nach weißer Schokolade. Altes Fleisch riecht nach der Seife, die morgens benutzt wird, bis es ganz alt ist, und dann fängt es an zu verwesen. Meine Großmutter roch so, aber ich hatte sie lieb, deshalb roch es gut. Einmal kamen Charlotte und ich hierher, und ein alter Mann ging auf der Treppe an uns vorbei. '*Ich kann den Geruch nicht ertragen*', sagte Charlotte. '*Er ist schwach und schlimmer als Abfall.*' Aber ich war glücklich, denn er erinnerte mich an meine Großmutter. Wenn du Leute liebhast, riechen sie immer gut. Willst du eine Platte hören?«

Sie rauchte Camel ohne Filter und spielte LPs von Gruppen, von denen ich noch nie gehört hatte.

»Hör dir mal diese Version von 'Fever' an. Das ist Euro-Trash, weißt du, französischer New Wave. Statt *fever* sagt sie *tumor*. 'Tumor all through the night.'«

Wir saßen da und hörten es uns an. Meine Punkette lümmelte sich auf dem Boden. Ich saß frierend auf dem einzigen Stuhl.

»Das war super«, sagte sie und goß mir Bier nach. »Laß es uns nochmal hören.«

Ihre Hände waren kurz und weiß, mit schlecht lackierten schwarzen Nägeln.

»Ich bin so verliebt in Charlotte«, sagte sie.

»Woher weißt du das?« fragte ich.

»Naja, sie ist stark, und sie ist eine gute Liebhaberin. Du denkst, ich bin jung, aber ich merke den Unterschied. Außerdem weiß sie gut über das Leben Bescheid. Zum Beispiel – weißt du, was sie mir gesagt hat? Sie hat mir gesagt, ich soll all meine Geheimnisse verraten, bis auf eins. Auf diese Weise investierst du in die Welt und behältst ein bißchen für dich selbst zurück.«

Sie griff sich eine ihrer längeren Haarsträhnen und fing an, die gespaltenen Spitzen abzuzupfen.

»Ich weiß, daß sie und Beatriz sich lieben, und ich gebe mir Mühe, die Dinge von Beatriz' Standpunkt aus zu betrachten, damit wir eines Tages alle Freundinnen sein können. Aber im Moment macht es mir, glaube ich, nichts aus, sie nachmittags zu sehen. Ich muß sowieso meistens nachts arbeiten, nur zweimal mittags. Ich bin Go-Go-Tänzerin in New Jersey. Hab ich dir schon erzählt, nicht wahr? Silvester war ich nach der Arbeit so zugekokst und so wild darauf, die Nacht mit ihr zu verbringen, daß ich morgens um halb fünf ins 'The Cubby Hole' ging, und sie ließen mich trotzdem noch Eintritt zahlen.«

Sie hatte inzwischen das ganze Bier getrunken und ihre Zigaretten aufgeraucht. Ich gab ihr welche von mir.

»Danke. Da war so eine Yuppie-Frau, die redete mit mir, und ich war so verzweifelt, daß ich mit zu ihr gegangen wäre, aber sie fragte mich nicht. Charlotte hat mir Mut gemacht, den Job anzunehmen, das Tanzen. Es ist gar nicht so schlecht. Willst du mal mein Kostüm sehen?«

Sie ging nach nebenan, um sich umzuziehen, und ich fing an zu rauchen. Es war so kalt. Ich hatte einen Pullover an und zwei Decken drüber und bibberte immer noch.

»Okay«, rief sie hinter der Tür. »Jetzt sing irgendeinen kitschigen Disco-Song.«

»Bad girl«, sang ich. »Talking 'bout a bad, bad girl.«

Da kam sie nach Go-Go-Manier hereingetanzt, in ihrem kleinen roten, glitzernden G-String-Tanga und mit hochhakkigen schwarzen Schuhen. Ihre Brüste waren so klein, daß sie ein kleines Mädchen hätte sein können, das seinen ersten Bikini vorführt. Sie biß sich auf die Lippen und versuchte, sexy auszusehen, aber sie sah einfach nur jung aus. Ich leitete in den nächsten Song über.

»Ring my bell, bell, bell, ring my bell, my bell, ring-a-ling-a-ling.«

»Manchmal halten sie Zwanziger hoch«, sagte sie, noch immer tanzend. »Aber wenn ich dann im Boogie zu ihnen rübertanze, um sie mir zu holen, geben sie mir statt dessen Ein-Dollar-Noten. 'Tut mir leid, Süße.'«

Dann sah ich ihre Augen. Sie waren klug. Sie waren zu klug für mich.

»Charlotte sagt, am Ende der Seele steht eine Palme, und sie brennt. Was bedeutet das?«

Und ich dachte: *Diese Kleine kann alles kriegen, was sie will, alles.*

Sie sah, daß ich ihr in die Augen starrte und bekam plötzlich Angst, als wär sie dabei erwischt worden, wie sie ihrem Daddy in die Brieftasche griff.

»Ich hab das noch nie für eine getan, die ich respektiere.«

Diese Brüste, dachte ich. *Wie konnte bloß eine diese Brüste liebkosen? Es ist ja nichts da, überhaupt nichts.*

»Meinst du, Charlotte wird sie verlassen? Was meinst du?«

»Du glaubst wirklich an die Liebe, nicht wahr?« sagte ich.

Sie blickte von ihrem Platz auf dem Fußboden zu mir hoch, total offen.

»Ich weiß nicht, was du von mir willst«, sagte ich. »Ich bin die letzte in New York City, der du Fragen über Beziehungen stellen solltest.«

»Meinst du, sie wird sie verlassen?«

Da wurde mir klar, daß sie etwas Besonderes in mir sah. Sie vertraute mir. Und ich wurde plötzlich von einer suppenbefleckten Kellnerin zu einer alten Professorin. Wir saßen nicht in einer feuergefährdeten Mietskaserne in der Lower East Side, sondern vor einem flackernden Kaminfeuer in einem holzgetäfelten Sandsteinhaus. Charlotte war meine Kollegin und Punkette ihr hysterischer Mißgriff.

»Schau, manchmal mußt du deine Frau betrügen, und manchmal mußt du zu ihr zurückgehen.«

Ich sah ihr wieder in die Augen. Sie hörten mir wirklich zu.

»Vielleicht bekommst du, was du willst«, sagte ich, »aber du mußt Geduld haben.«

Und plötzlich hatte ich ein unbändiges Verlangen nach ihr. Ich wollte die Decken abwerfen und wieder verwundbar sein, mich mit einer kleinen Punkette in einem roten G-String auf dem Teppich wälzen, und ich wollte dafür sorgen, daß es ihr richtig Spaß machte. Nostalgie.

5

Punkette hatte eine Bar namens »Urgie's« in East Newark erwähnt, wo sie nachts und manchmal zur Lunchzeit als Go-Go-Girl arbeitete. Ich rief am nächsten Tag dort an, nur um sicherzugehen, und der Barkeeper sagte, daß an diesem Nachmittag eine Frau, auf die die Beschreibung zutraf, unter dem Namen Brigitte dort arbeitete. Ich rief bei Herbie an und meldete mich krank, was nicht gelogen war, und beschloß, loszufahren und Punkette tanzen zu sehen. Der Anrufbeantworter funktionierte tatsächlich, also konnten wir vielleicht Freundinnen werden.

Als der Typ in der U-Bahn Richtung Penn Station zu schreien begann, tastete ich in der Tasche meines Frühlingsmantels nach Priscillas Revolver. Als der zweite Typ im Amtrak-Warteraum zu schreien begann, tastete ich wieder nach ihm. Der Bahnhof stank nach uringetränkter Kleidung und Bratwurst. Es war widerwärtig. Überall lauerte Gefahr.

Erst als ich in den Zug nach New Jersey stieg, fand ich Delores' alten Lippenstift in meiner Jackentasche, was mich daran erinnerte, daß sie immer noch meine Schlüssel hatte. Vielleicht war das ein gutes Zeichen.

Gegenüber vom Bahnhof in Newark gab es eine heruntergekommene Imbißstube, in die ich hineinging, um mein Spiegelbild zu prüfen. Manchmal mußt du einfach unbedingt dein Gesicht überprüfen, damit du weißt, was dir anzusehen ist und was nicht. Es war dasselbe alte Ich. Ich holte Delores' Lippenstift hervor und trug ihn so richtig dick auf, bis ich einen Mund hatte wie ein Filmstar – so zugekleistert und glänzend, daß dir niemand in die Augen schaut. Ich ließ den Revolver in meine rechte Hand gleiten und posierte im Wyatt-Earp-Stil in der Damentoilette. Ich wollte genau sehen, was Delores sehen würde, wenn ich ihr eines Nachmittags gegenübertrat, das kleine Stück Metall fest in meiner Hand. Abgesehen von dem Mund sah ich genau aus wie immer, aber irgendwie glücklicher. Und das alles nur, weil das Gerät in meiner Hand sie dazu bringen konnte, den Mund zu halten und endlich mal zuzuhören. Junge, würde die sich wundern.

Es regnete an diesem Tag in New Jersey, alles war bezeichnenderweise trostlos. Der Himmel war so voll von Industriescheiß und Autoabgasen, daß alles die gleiche Farbe hatte, die Farbe von Schweiß. New Jersey ist ein sehr verschwitzter Staat. Frauen fahren sowieso nur deshalb zum Tanzen da hinaus, weil sie es nicht oben ohne machen müssen wie in der Stadt, und für die, die sich bemühen, bestimmte Grenzen nicht zu überschreiten, ist es das Pendeln wert.

Das »Urgie's« war ein ganz normales Lokal voll von ganz normalen Typen aus der Flaschenabfüllfabrik und ein paar Bauarbeitern mit Baseballmützen. Es hatte eine imitierte Holztäfelung und pinkfarbene und grüne Disco-Lichter wie jeder andere schäbige Familienbetrieb. Nichts daran war glanzvoll oder auch nur im entferntesten angsteinflößend. Manche der Gäste waren Schwarze, die meisten waren Weiße, und drei trugen Anzüge. Sie tranken Bier und aßen Sandwiches mit Salami und Provolone. Alles roch nach gelbem Senf.

Punkette hatte recht, es war gar nicht so schlimm, wie sie immer alle tun.

Die Bühne war ebenfalls ziemlich schäbig und bestand aus einer Hartplastikplatte, die in der Mitte eines rundherum laufenden Bartresens über einen Billardtisch gelegt war. Auf diese Weise konnten die Typen gleichzeitig essen und zusehen. Schließlich hatten sie ja nur eine Stunde Zeit. Eine Frau in einem weißen Bikini tanzte herum, als ob das gar nichts wäre. Sie hatte hübsche Beine und lächelte viel, aber nur ein kleines Lächeln. Ab und zu band sie ihre BH-Träger auf und ließ für einen Moment ihre Brustwarzen sehen. Die Typen waren größtenteils mit Reden und Kauen beschäftigt, aber manchmal blickten sie hoch. Manchmal beugten sie sich rüber und gaben ihr einen Dollar, den sie dann sofort in ihr Höschen steckte. Ich rechnete mir aus, daß sie, wenn ihr jeder Typ im Lokal einen Dollar gab, genauso viel Geld machte wie eine Kellnerin beim Lunch.

Ich überlegte, wie es wohl wäre, wenn ich anfinge, regelmäßig mit Punkette herumzuziehen, oder wenn ich am Ende eine Freundin hätte, die Tänzerin oder Stripperin ist. Ich würde bis tief in die Nacht hinein aufbleiben müssen, auf sie warten und eine Menge Geld für Taxis ausgeben. Ich müßte mich die ganze Zeit mit solchen Arschlöchern von Männern herumärgern und mich darum kümmern, daß sie ordentlich bezahlt wird. Diese Tänzerin hatte einen weichen Bauch, aber er war flach, nicht wie bei Delores.

Ich erinnere mich, wie ich morgens im Bad saß, und sie kam rein, um sich die Zähne zu putzen. Sie beugte sich über das Waschbecken, und ich betrachtete ihren Hintern, der aus ihrer ausgebeulten Unterhose heraushing. Ich liebte ihn so sehr, daß ich ihn küßte. Dann, als ich unter der Dusche war, kam Delores auch mit rein. Sie wusch sich zuerst, aber dann blieb sie noch weiter mit mir unterm Wasser, so daß wir uns zusammen abtrocknen konnten. Am meisten machte mir zu schaffen, daß ich wirklich gedacht hatte, Delores sei meine Freundin. Ich dachte, sie liebt mich, auch wenn sie böse wurde. Das tut am meisten weh, verletzt zu werden, wenn du Leuten vertraust. Das vergiftet alles.

»Zwei Ausweispapiere.«

»Wie bitte?«

»Sie müssen über einundzwanzig sein.«

Der Barkeeper hatte eine Willy-Wacker-Tätowierung auf dem Unterarm.

»Ich bin weit über einundzwanzig. Schauen Sie sich mal diese Falten auf meiner Stirn an. Keine Einundzwanzigjährige hat solche Falten. Fragen Sie mich nach der Erkennungsmelodie von jedem beliebigen Fernsehquiz, das 1960 lief.«

»Zwei Ausweispapiere.«

Ich leerte den Inhalt meiner Taschen auf den Tresen.

»Also, ich habe keinen Führerschein, und ich habe keine Kreditkarten. Ich habe überhaupt keinerlei Karten.«

»Dann müssen Sie gehen.«

Ich stopfte alles zurück in meinen Mantel und ließ einen verknitterten Fünf-Dollar-Schein mit dem Kopf nach oben neben den Bierdeckeln liegen.

»Vielleicht können Sie mir helfen. Ich suche eine junge Frau, die ab und zu hier arbeitet – blonde Haarspitzen, roter G-String. Sie ist meine Schwester.«

Er nahm den Fünfer und zapfte mir ein Bier.

»Sie ist nicht da. Das macht zwei Dollar für das Bier.«

Ich legte noch einen Fünfer hin. Bekam kein Wechselgeld zurück. Er rülpste mir ins Gesicht und ging weg, um rund um den Bartresen Drinks einzugießen. Ich trank das Bier in einem Zug und checkte die Tänzerin ab. Sie war wahrscheinlich eine Psychologiestudentin von Barnard. Dann kam der Barkeeper zurück.

»Hey, Barkeeper, kennen Sie die, von der ich rede? Eine Punkerin, nennt sich Brigitte?«

»Wollen Sie noch eins? Müssen weitertrinken, wenn Sie an der Bar sitzen wollen.«

Also trank ich noch eins und gab ihm drei Dollar Trinkgeld. Er begann ein bißchen aufzutauen. Schließlich ist das hier Amerika.

»Mal sehen ... Brigitte? Ist das die mit dem Latino als Freund?«

»Ich glaube nicht. Sie ist mehr so eine, die auf eigenen Beinen steht; klare Augen, ein bißchen naiv, aber ein Verstand, so scharf wie eine frische Rasierklinge, echt vielversprechend, eine, die Leute gerne um sich haben.«

»Flach auf der Brust?«

»Jaja, das ist sie.«

Er wischte sich mit einem senfbefleckten Spültuch die Spucke aus seinem dicken Schnurrbart und hinterließ dabei einen ekelerregenden gelben Streifen auf seinem auch so schon häßlichen Gesicht.

»Sie hat einen Latino als Freund. Er kommt dauernd hierher.«

»Nein, das ist sie nicht.«

Ich trank noch etwas Bier und versuchte mich zu entscheiden, ob ich der Tänzerin ein Trinkgeld geben sollte oder nicht. Ich wollte nicht, daß es ihr vor all diesen Männern peinlich wäre, aber mir gefiel es, wie sie tanzte. Außerdem schien ihr Geldstrom etwas spärlich zu fließen. In einem besonders öden Moment, als ich einen Anflug von »Junge, ist das langweilig« über ihr Gesicht huschen sah, lehnte ich mich über den Tresen, streckte meine Hand in Richtung Tanzfläche/Billardtisch aus und hielt ihr einen Dollar hin. Alles schien plötzlich stillzustehen. Die Typen hörten einer nach dem anderen auf zu reden und wurden aufmerksam, bis außer der Discomusik nur noch das Geräusch ihres Salamikauens und das ihrer Füße, die gegen das Plastik scharrten, zu hören war. Doch der kleine Schatz, Gott segne sie, schenkte mir ein strahlendes Ein-Dollar-Lächeln, nahm das Geld und stopfte es in ihr Höschen, als wäre ich niemand Besonderes. Naja, ich nehme an, ein Dollar ist ein Dollar, auch wenn er von einer Lesbe kommt.

Es dauerte etwa dreißig Sekunden, bis alles wieder in Gang kam, und bald gewann das Brummen von Männerstimmen wieder die Oberhand. Da kam mir der Gedanke, daß Punkette, die sich von niemandem zum Narren halten ließ, wahrscheinlich einen besseren Job in einem anderen Lokal bekommen hatte, wo es mehr Geld gab. Sie war auf diese Bruchbude nicht angewiesen. Ich wußte, daß sie mir irgendwann wieder über den Weg laufen würde, wenn ich nur lange genug nach ihr Ausschau hielt, und dann könnten wir Freundinnen werden. Wenn sie und Charlotte und Beatriz mit einer Dreiecksgeschichte zurechtkamen, konnten Delores und ich und Arschloch das vielleicht auch. Ich fühlte mich leicht und bereit für ein weiteres Bier, als der Barkeeper zu mir rüberkam; er roch wie ein verwesender Flaschengeist.

»Ich hab doch hier keine Partnervermittlung für dich laufen, Schätzchen. Du bist besoffen. Jetzt mach, daß du hier rauskommst, bevor ich ’nen Bullen rufe.«

Ich fluchte über mich selbst, den ganzen Weg zurück zum Bahnhof, während ich von dem schleimigen Nieselregen durchweicht wurde. Dieses Arschloch, so auf mir herumzuhacken. Alle hacken immer nur auf mir herum oder verlassen mich oder tauchen nicht auf oder schaffen es irgendwie nicht, zu mir durchzukommen. Und ich bin das nutzlose Stück Dreck, dem das alles höllisch weh tut.

Genau an diesem Punkt zwängte ich meine Hand in meine Jackentasche und stieß mit den Fingerknöcheln an ein kaltes Stück Metall. Da fiel mir wieder ein, daß ich einen Revolver in meinem Besitz hatte. Ich konnte ihn benutzen, wann immer ich wollte. Zuerst umschloß ich ihn fest und dann klopfte ich leicht dagegen und ließ meinen Zeigefinger an seiner Trommel entlanggleiten. Ich wußte, ich brauchte mir keine Sorgen mehr zu machen, denn wenn das nächste Mal jemand zu weit ging, stand es in meiner Macht, noch weiter zu gehen. Ich hatte einen Revolver. Jetzt mußten sich alle in acht nehmen. Nichts bereitete mir für den Rest des Nachmittags Sorgen, während ich über den rissigen Asphalt ging und sich der Dreck von New Jersey in Matsch verwandelte. Es war mein neues Ich. Ich hatte Priscillas Revolver in meiner Tasche, und wenn ich gewollt hätte, hätte ich mich umdrehen und dem Scheißbarkeeper glatt die Augen aus seinem scheußlichen Kopf schießen können. Aber warum etwas Gutes verschwenden? Es würde später noch bessere Gelegenheiten geben und Opfer, die es noch mehr verdienten. Außerdem war dieser Revolver ein Trumpf, den ich nur einmal ausspielen konnte.

6

Als am darauffolgenden Mittwoch die Nachricht kam, kam sie auf die harte Tour, mittags mit dem zweiten Schub. Zuerst lief alles noch ganz normal. Der Laden war leer, bis uns der Ansturm um zwölf die TelefonistInnen und der um eins die AnwältInnen brachte.

Keine von den Telefon-Leuten verdiente im Grunde genug, um jeden Tag auswärts zu essen, aber es war zu deprimierend, an demselben Schreibtisch ein Sandwich zu essen, an dem du dein Leben vor die Hunde gehen sahst. Also knauserten sie und bestellten eine Menge Kleinigkeiten, etwa eine Tasse Suppe mit extra Crackers und einen kleinen Salat, das Dressing getrennt serviert, und Tee mit extra Zitrone, und Wasser ohne Eis, was für mich bedeutete, daß ich dreimal laufen mußte. Ich hatte oft das Gefühl, daß die Kellnerin die einzige Person in ihrem Leben war, die sie jemals herumschikanieren konnten, deshalb schöpften sie die Gelegenheit voll aus. Joe sagte immer, die Werktätigen sollten sich gegenseitig helfen, aber die traurige Wahrheit ist, daß die meisten nie darüber nachdenken, wer sie bedient. Sie nehmen es einfach hin. Doch jede Kellnerin weiß, daß eine Menge Nebenbestellungen eine Menge Arbeit machen.

Die AnwältInnen waren anders. Sie erlebten jeden Tag Niederlagen und Siege, so daß es immer etwas gab, worüber sie hinwegkommen mußten, und immer etwas zum Feiern. Das hieß, ein Cheeseburger Deluxe, nur einmal laufen und garantiert ein Dollar Trinkgeld. Sie schlangen den Cheeseburger und einen Dickmacher zum Nachtisch herunter, und dann waren sie auf und davon, so daß du in einer Stunde zwei Tische mit AnwältInnen durchziehen konntest, während du in der gleichen Zeit nur einen mit TelefonistInnen schafftest.

Als es dann im Gastraum ruhiger wurde, langweilten sich die Typen hinter der Theke zu Tode. Joe hatte seit einer Stunde Rum getrunken und bereits die Pferde ausgewählt, auf die er setzen wollte. Rambo und Dino waren wie gewöhnlich in ein Gespräch vertieft.

»Ich weiß, daß du Schwänze lutschst.«

»Ich lutsche keine Schwänze. Ich lecke Muschis.«

»Lutschst du auch Ärsche, oder lutschst du nur Schwänze?«

Ich warf einen Blick auf Dinos *Daily News*. Amerikanische Schiffe schossen auf den Golf von Sidra. Reagan sagte: »Ich bin ein Contra«, und auf Seite siebzehn, neben einer Werbeanzeige von Macy's, war ein altes Foto von Punkette. Sie stand über einen Kuchen gebeugt da und lächelte. Sie hatte braunes Haar, und es war lang, mit kurzem Pony. Sie trug ein goldenenes Kreuz um den Hals und schon damals zu viel Augen-Make-up. In der Bildunterschrift hieß es, ihr Name sei Marianne Walker, und das Bild zeige sie auf der Party zu ihrem fünfzehnten Geburtstag. Sie war mit dem Greyhound-Bus von Allentown, Pennsylvania, nach New York City gekommen, und sie war tot. In dem Artikel stand, sie habe als Callgirl und Stripperin gearbeitet, bis zu der Nacht, in der irgendwer sie so lange würgte, bis ihr das Genick brach. Dann wurde sie hinter den Mietskasernen an der Avenue D in den East River geworfen.

Ich sah das Bild an, und ich war völlig fertig. Ich war so fertig, daß ich nicht mal aus dem Laden gehen konnte. Ich räumte immer noch Tische ab und nahm Bestellungen auf. Wenn du etwas so Furchtbares hörst, bekommt der ganze Körper Angst. Er bebt.

Ich sah mich nach den Gästen um, die Ketchup auf ihre Pommes Frites kippten und Cola tranken. Urgies Kunden in East Newark waren genauso zahm. Sie waren nicht gefährlich. Sie waren normal. Punkette war keine Nutte. Es stand falsch in der Zeitung, weil das für die sowieso alles das gleiche ist. Niemand würde sich die Zeit nehmen, herauszufinden, was wirklich geschehen war. Die Leute schauen sich das wirkliche Leben an, so wie sie fernsehen; sie sitzen biertrinkend im Sessel und unterhalten sich, während die Werbung läuft. Sie lieben die Brutalität, sie ist so unterhaltsam. Sie hassen Opfer. Opfer geben ihnen das Gefühl, schwach zu sein. Aber ich mochte Punkette, und irgendwo da draußen gab es noch ein paar, die sie mochten. Vielleicht die Frau am Telefon, die nun doch nicht abtreiben lassen mußte. Oder Charlotte, die fast vierzig war und voller Leidenschaft und weiser Gedanken. Ich war in diesem Moment sicher, daß wir alle drei traurig waren.

Danach wollte ich einen Drink, also ging ich sofort nach Arbeitsschluß zur Bar. Aber ich konnte nicht ins »The Blue and The Gold« hineingehen. Es stank zum Himmel. Ich fand mich auf dem Weg in die East Side wieder, bis die schmutzige Bodega wie ein Stern an der Ecke der Avenue C leuchtete, genau wie in jener Nacht mit Punkette. Ich holte mir ein Bier, setzte mich hinten im Laden auf eine Milchkiste und trank es dort, während die Puertorikanerin an der Kasse fernsah. Ich kann eigentlich gar kein Spanisch, aber du gewöhnst dich dran, es zu hören, und ich konnte die Handlung verfolgen, weil die Gefühle so gewaltig waren. Männer und Frauen in Wahnsinnskostümen ärgerten sich, bedrohten, verliebten und entliebten sich leidenschaftlich. Die DarstellerInnen brüllten und schrien und heulten und tanzten herum. Sie fühlten alles sehr intensiv. Amerikanische Fernsehschauspieler starren sich nur gegenseitig an und bewegen ihre Münder. Als ich dort saß und diesen Leuten auf Kanal siebenundvierzig zuschaute, die alles aus sich herausließen, lernte ich etwas sehr Persönliches. Ich lernte, daß die wahren Gefühle von Menschen manchmal so schmerzhaft sind, daß sie sie überspielen müssen, um nicht daran zugrunde zu gehen. Das war es, was ich getan hatte. Wenn du verletzt wirst und den Leuten nicht vertrauen kannst, dann hören sie auf, wirklich zu sein. Von allen Leuten, die ich in letzter Zeit kennengelernt hatte, war Punkette am wirklichsten, weil sie inmitten all dieser Schäbigkeit noch immer an die Liebe glaubte. Ich stellte sie mir vor, wie sie im »Urgie's« drauflostanzte, dabei an Charlotte dachte und glühte. Sie konnte wahrscheinlich sogar mit diesem häßlichen Barkeeper etwas anfangen, denn sie hatte mit Sicherheit etwas mit mir anfangen können. Als Delores noch zu Hause war, liebte ich sie jeden Tag, sogar wenn ich die Nase voll von ihr hatte. Dann veränderte sie sich zu schnell, aber ich war so daran gewöhnt, sie zu lieben, daß ich es ihr nachsah. Es gab einen Moment in der Bodega, in dem ich statt dessen Punkette liebte, aber dazu war es zu spät.

Hinten in dem Laden hatten sie drei Regale voller Andachtskerzen, mit Heiligenbildchen drauf. Ich kaufte eine für die Heilige Barbara und zündete sie auch gleich an. Die Frau verzog keine Miene. Wahrscheinlich hielten die Leute hier jeden Tag an Ort und Stelle Andachten ab, neben den Dosen mit Goya-Bohnen. Auf der Rückseite der Kerze stand

¡O Dios! Aparta de mi lado esos malvados.
O Gott! Halte die Verruchten von mir fern.

Ich mußte über mich selbst lachen; da machte ich mir nun all die Mühe mit dem Beten, und dann bat ich nur darum, weniger von etwas zu bekommen. Ich wollte nicht mehr von etwas, weder Geld noch Liebe noch Sex. Ich betete zur Heiligen Barbara, mir den Schmerz zu nehmen. Als Punkette starb, veränderte sich etwas in mir. Und da beschloß ich, mich einmal mit Charlotte zu unterhalten.

7

Am nächsten Morgen versuchte ich es nochmal bei Priscilla. Zwar sah ich ein, daß sie wahrscheinlich total verrückt war, doch ich mußte sie bewundern, weil sie den Mut hatte, ihre Phantasien auszuleben. Sie wollte Priscilla Presley sein und nicht die, die sie eigentlich war, irgendeine Datentypistin namens Ann Brown aus Cincinnati oder so etwas. Darum ließ sie nicht zu, daß sich die Meinungen anderer ihrem Vergnügen in den Weg stellten. Pris war so mutig wie eine Glitzer-Transi-Queen, und genauso hart im Nehmen. Obwohl niemand zu Hause war, war ich auf dem Rückweg glücklich, weil es Pris in meinem Leben gab. Dann bereitete ich mich darauf vor, Charlotte kennenzulernen.

Ich war mir nicht sicher, ob es Geschenkverpackung oder Verkleidung war, aber ich wußte mich für Punkettes Geliebte schönzumachen. Ich puderte und putzte mich und legte lang herabhängende Ohrringe mit Silberfiligran an. Ich war beinahe in Partystimmung, leicht und zum Tanzen aufgelegt, und wirbelte durch die ganze Wohnung. Ich war zuversichtlich, als gehe es darum, im allerheißesten Sommer mit wehendem Haar auf einem Motorrad auf den Highway hinauszufahren.

Im letzten Monat hatte Kleidung in meinem Leben keine Rolle gespielt; es gab fünf Tage lang dieselbe Hose, mit oder ohne Kellnerinnenschürze. Doch an diesem Vorfrühlingsnachmittag suchte ich nach einem hübschen Kleidungsstück. Zusammengeknüllt in der hintersten Ecke des Schrankes fand ich eins von Delores' Hemden, das sie beim Packen in letzter Minute übersehen hatte. Vielleicht hatte sie es mir als Warnung zurückgelassen, vielleicht als Vorwand, um zurückkommen zu können, falls sie einen brauchte. Wahrscheinlich wollte sie es nicht mehr. Der Stoff war seidig und bauschig, die Farbe ein kräftiges Grünblau. In ihrem Hemd sah ich auf einmal aufgeschlossen und lebhaft aus.

Charlottes Häuserblock sah bei Tageslicht anders aus. Ich nahm die besondere Art von Schäbigkeit wahr, die ganz und gar nichts mit Armut zu tun hatte. Da war eine gewisse Nachlässigkeit zu spüren, die etwas von Sabotage hatte, und überall ein offensichtlicher Mangel an Eigenliebe. Keine Mütter, die von den Fenstern der Mietshäuser aus nach ihren Kindern riefen. Keine Musik, die von den Lippen dünner MusikerInnen aus engen Wohnungen herabwehte. Keine Teenager, die das Radio einschalteten, um in den Höfen und Durchgängen zu tanzen und zu flirten unter den wehmütigen Blicken der alten Leute in uralten Klappstühlen. Nein. Zu viele Junkies hatten zu viel von dem Gelände in ihren Besitz genommen. Wenn der Gehsteig den Junkies gehört, liegt er zerborsten und aufgeweicht da. Wenn es Leute gibt, aber keine Anzeichen von Leben, sacken die Gebäude, die sie tragen, aus enttäuschter Erwartung in sich zusammen.

Das Schloß an der Eingangstür ihres Gebäudes war abgerissen, ein sicheres Zeichen dafür, daß das Dachgeschoß in der Hand von Junkies war. Die Treppenstufen waren mit Brandflecken übersät; sie stammten von Männern und Frauen, die mit der Zigarette im Mund umkippten, nachdem sie sich einen Schuß gesetzt hatten, und spuckend zu Boden fielen. Mit Punkette hatte ich nichts davon gesehen. Die Nacht war zu kalt gewesen und ich zu betrunken. Zwei dünne Teenager in übergroßen Jacken gingen auf der Treppe an mir vorbei; sie redeten über Crack-Trips, drei für'n Zehner. Eine Frau in engen Hosen mit einer großen Flasche Pepsi in der Hand schloß sich eine Wohnungstür auf und hinterließ den Gestank von Mentholzigaretten.

Ich klopfte an Charlottes Tür und wartete; dann klopfte ich noch einmal. Das einzige Lebenszeichen kam von dem Nachbarn zwei Türen weiter, der damit beschäftigt war, einen seltsamen Apparat an seiner Wohnungstür zu befestigen.

»Entschuldigen Sie, kennen Sie Charlotte?« fragte ich.

»Können Sie das hier mal halten?« sagte er und überredete mich, auf seine Seite des Ganges hinüberzugehen, wo ich zwei Metallstücke gegen die Tür drückte.

»Setze grad ein neues Schloß ein«, fügte er hinzu; er war schmutziger, als diese Tätigkeit erwarten ließ. »Das erste Mal kamen sie zum Fenster rein, also mußte ich es vergittern. Dann kamen sie zur Wohnungstür reinmarschiert. Versucht das bloß nochmal, ihr Wichser. Sehen Sie, Sie brauchen nur an der Tür rumzuhantieren, und schon haben wir einen kleinen Schock für Sie parat.«

Er winkte mich zur Seite, ohne in meine Richtung zu sehen, knipste einen Schalter in der Wohnung an, und ich sprang zurück, als eine plötzliche scharfe Vibration durch die Tür surrte, ebenso plötzlich gefolgt von Stille.

Ich klopfte etwas eindringlicher an Charlottes Tür, um von dem Typ wegzukommen. Ihr Spion war mit der Oberseite eines Streichholzbriefchens verdeckt, die von der anderen Seite dagegengeklebt war. Als ich durchschaute, entzifferte ich die Worte: *»Auch Sie können eine Ausbildung machen, die dem High-School-Abschluß entspricht ...«*

»Sie ist wahrscheinlich im Theater«, sagte er in verwaschenem Tonfall. Diesmal drehte er sich in meine Richtung um, so daß ich ihn näher betrachten mußte; ich sah einen wilden Schnurrbart und buschige altmodische Koteletten, wie ein verstaubtes Bild auf einem LP-Cover aus den Sechzigern. Er trug eine abgewetzte, fleckige Cowboy-Lederjacke mit Fransen, eine von denen, die es ganz lange nicht mehr gab, bis die Yuppie-Läden sie in lila Wildleder für Frauen anzubieten begannen. Er hatte solche Knobelbecher an, die zu schwer für das Wetter und zu fascho für die Gegend waren. Stiefel, mit denen du Leuten in den Arsch treten konntest, und die zu nicht viel mehr taugten, als Gesinnung zur Schau zu tragen. Dieser Typ war kein übriggebliebener Hippie. Er sah eher aus wie einer von den Hell's Angels ohne die Abzeichen.

»Welches Theater?«

»Wo sie arbeiten. Ein paar Blocks die Avenue rauf, neben Cuchifritos. Soll ich Sie mitnehmen? Ich hol' in 'ner Minute mein Taxi raus.«

Ich habe Übung darin, allen potentiell unangenehmen Situationen mit Männern aus dem Weg zu gehen, obwohl ich bei Frauen ständig in sie hineinrenne. Als ich merkte, daß Frauen ganz schön gemein sein können, zog ich tatsächlich ungefähr fünf Minuten lang Männer in Betracht, bis mir wieder einfiel, daß sie mich sehr schnell langweilen. Ich meine, wenn dir Leute, die du liebst, schon das Leben zur Tragödie machen, solltest du an ihnen zumindest interessiert sein. Deshalb war mein »nein danke, ich gehe zu Fuß« zum Teil Routineverhalten und zum Teil bewußtes Vermeiden.

Das Theater lag hinter der mit Brettern vernagelten Vorderfront eines Geschäfts im Erdgeschoß eines Mietshauses. Der Raum war ziemlich groß und lang für das, was er darstellte, und hatte eine sehr niedrige Decke. Du konntest sehen, daß es früher mal eine Bäckerei gewesen war, denn an der Stelle, wo der Ofen gestanden hatte, waren an den baufälligen Backsteinwänden noch Kratzer sichtbar. Ich kam leise durch die

Eingangstür herein, die in den hinteren Teil des Zuschauerraumes führte. Der Bühnenbereich war mit weichem Licht ausgeleuchtet; dort schienen zwei Frauen mitten in einer Probe zu sein. Die auf der Bühne war sehr groß, besonders gegen die niedrige Decke. Ihre Haut war ganz blaß und weiß, und sie war in weiche schwarze Kleidung gehüllt, die sie behaglich und klassisch wirken ließ, wie die schöne Frau in einer Weinreklame, die morgens aus dem Bett ihres Geliebten steigt und dabei seinen flauschigsten Pullover trägt. Du bekamst Lust, ihr zuzusehen. Die andere Frau saß mit dem Rücken zu mir. Alles, was ich sah, waren ihre braunen Locken. Sie schaute ebenfalls zu und machte sich Notizen, während die Schauspielerin ihren Text rezitierte.

»Ich war immer zum Babysitten bei dieser Familie da oben, wo die Hauptstraße war, bevor sie den Highway gebaut haben. Ich habe immer auf ihren Sohn aufgepaßt und danach hat mich Allen, das war der Vater, nach Hause gefahren. Aber manchmal hielten wir unterwegs bei 'Nicky's', aßen Cheeseburger und ließen die Jukebox laufen. Es gefiel mir, mit einem erwachsenen Mann auszugehen. Es gab mir das Gefühl, sexy zu sein. Na, jedenfalls – eines Abends saß ich noch im Wohnzimmer herum, anstatt nach Hause zu fahren, und unterhielt mich mit ihm und seiner Frau Jackie. Und dann überredeten sie mich, mit ihnen ins Bett zu gehen. Also, so war das. Nach dem Babysitten ging ich immer mit ihnen ins Bett. Bloß wollte ich nie, daß Allen ihn reinsteckte. Was mir immer total den Rest gab, das war, wenn ich mit Jackie schlief und er sie direkt vor meinen Augen bumste. Ich haßte es. Ich schmollte dann auf dem ganzen Heimweg im Wagen. Ich fing an, tagsüber dort rüberzugehen, wenn ich wußte, daß er bei der Arbeit war. Jackie war gewöhnlich beim Lesen oder im Garten. Dann plauderten wir, aber es passierte nichts. Schließlich, eines Nachmittags, sagte sie zu mir: 'Weißt du, ich glaube, du bist lesbisch. Du bist lesbisch. Du kommst besser nicht mehr hierher.' Kurz darauf zogen sie weg.«

Erst als sie aufhörte, wurde mir wieder bewußt, daß es nicht echt war. Ich kam mir vor wie eine Spionin bei einem privaten Gespräch, und als das Gespräch vorüber war, stand ich noch ganz in seinem Bann. Als die Schauspielerin ihre Hände sinken ließ und still auf der Bühne stand, vermißte ich die Figur, in die sie sich verwandelt hatte, und war traurig darüber, sie verschwinden zu sehen. Deshalb blieb ich dort im Schatten versteckt und wartete darauf, mich wieder bezaubern zu lassen.

»Das war Scheiße«, sagte die Frau mit den Locken.

»Du kannst mich mal, das war super«, sagte die Schauspielerin.

»Woran sollst du denken, wenn du diese nostalgische kleine Geschichte erzählst?«

»Weißt du«, sagte die Schauspielerin, »ich stelle mir vor, ich wäre wieder ein junges Mädchen. Ich denke daran, auf welch verschiedene Weise Frauen schon nein zu mir gesagt haben, seit ich ein junges Mädchen war, bis hin zu meiner Geliebten, die mich gerade rausgeworfen hat.«

»Nun, wenn die Ereignisse der vergangenen Nacht, die Brutalität, beim Erzählen nicht zum Ausdruck kommen, dann hat dieser Monolog die Sentimentalität und Saccharinsüße einer Glückwunschkarte.«

»Spiel hier nicht den Arsch. Willst du, daß ich es nochmal mache?«

Das provozierte die Frau mit den Locken; sie sprang auf die Bühne und brüllte: »Wie hat sie dich rausgeworfen?«

Ich merkte, daß sie so brüllte, um die Situation wieder unter ihre Kontrolle zu bringen. Sie wollte, daß die Schauspielerin auf sie reagierte, nicht andersherum. Doch die Schauspielerin sagte kein Wort. Sie war erheblich größer als die Regisseurin und blickte einfach mit tiefer Zärtlichkeit auf sie herab, die so beleidigend wirkte, weil sie offensichtlich gespielt war. Da streckte die Regisseurin beide Hände aus und versetzte der großen Frau einen Stoß.

»Beatriz, schubs mich nicht.«

»Ich will dich mal daran erinnern, was gerade passiert ist, vor zehn kurzen Stunden«, sagte Beatriz in deutlich beleidigendem Ton, der von einer Reihe von Stößen und Schubsern gegen den langen Körper der Schauspielerin unterstrichen wurde. »'Hau ab'«, fuhr sie fort und spielte es ganz auf ihre Weise. »'Hau ab, ich lieb' dich nicht mehr.' Das hat sie zu dir gesagt, stimmt's? 'Hau ab. Ich habe die letzten sechs Monate versucht, deinen stinkenden Kadaver aus meinem gottverdammten Leben rauszukriegen. Hau jetzt ab.'«

Die Schauspielerin streckte ihre Hände aus, um sich zu verteidigen, aber sie schlug kein einziges Mal zurück, entweder weil sie Angst hatte, sie könnte der kleinen Frau mit dem großen Willen wehtun, oder weil sie befürchtete, sie könnte verlieren. Beatriz sagte ihr immer wieder, sie solle abhauen.

»'Du bist so häßlich, niemand wird dich jemals lieben.' Das hat sie gestern abend gesagt, stimmt's?«

Da begann die Schauspielerin schließlich zusammenzubrechen; zuerst weinte sie in sich hinein, als versuche sie, die Tränen zurückzuhalten, aber sie kamen doch, und sie wurden gefolgt von absolut überzeugendem Zittern und Beben ihrer Schultern. Sie sank zu Boden und blickte zu Beatriz auf.

»Bitte laß mich bleiben. Bitte laß mich bleiben.«

Sie sagte es immer und immer wieder, schneller und schneller.

»Bitte laß mich bleiben. Bitte laß mich bleiben. Noch fünf Minuten. Laß mich noch fünf Minuten bleiben.«

»Okay«, sagte Beatriz, ließ ihre Arme sinken und war sofort wieder völlig normal. »So ist es besser. Jetzt mach die Szene noch einmal.«

Die Schauspielerin nahm wieder ihre frühere Position ein und begann. Sobald sie anfing, kehrte die Figur, die gesprochen hatte, als ich hereinkam, wie durch Zauberei dorthin zurück, wo noch vor einer Minute nichts von ihr zu sehen gewesen war.

»'Weißt du, ich glaube, du bist lesbisch. Du bist lesbisch. Du kommst besser nicht mehr hierher.'«

Dann, übergangslos, sprang sie aus ihrer Rolle und ihrem Spotlight heraus und sagte

»Ich bin so unecht. Ich bin so verdammt unecht«, und boxte mit beiden Fäusten in die Luft. Bei der zweiten Faust sah sie mich; sie drehte sich zu mir um und sprach wieder.

»Kann ich Ihnen helfen?«

Diese Frau hatte sich gerade in einem einzigen Moment dreimal verwandelt. Zuerst hatte sie ihre Rolle gespielt, dann brach sie völlig daraus aus und wurde zu einer launischen Schauspielerin, die über die Bühne stampfte. Dann sah sie mich und hörte abrupt auf. Sie wurde höflich und liebenswürdig und sah geradewegs in mich hinein.

»Kann ich Ihnen helfen?« wiederholte sie.

Da sah ich zum ersten Mal ihre Augen.

»Sind Sie wegen der Arbeitsstelle hier?«

»Ja, so ist es.«

Ich hatte keine Ahnung, wovon sie redete, aber das Blitzen in ihren Augen brachte mich dazu, daß ich ja sagen wollte.

»Großartig, ich bin gleich bei Ihnen.«

Sie wischte sich das Gesicht mit einem Handtuch ab und trank Mineralwasser aus der Flasche. Beatriz drehte sich nicht einmal um. Sie war mit Schreiben beschäftigt. Die Schauspielerin kam näher und streckte mir ihre rechte Hand hin. Sie war riesig und von Adern durchzogen.

»Mein Name ist Charlotte. Wie steht es mit Ihren Fähigkeiten als Sekretärin?«

»Es geht.«

Ich dachte, sie spiele ein Spiel, bis sie mich wieder ansah. Ihr Gesicht war schon wieder verändert. Sie war entspannt und vertraut, wie meine Geliebte, meine engste Kameradin, meine Traumfrau. Dann beobachtete sie, wie ich reagierte. Ich war drauf und dran, ihr alles über Punkette zu erzählen, daß sie meine Freundin war und daß ich ihre Mörder finden wollte, doch bevor ich mir überlegen konnte, wie ich es sagen wollte, reichte mir Charlotte einen Bleistift und die Rückseite eines alten Flugblattes.

»Ich möchte, daß Sie ein Diktat aufnehmen. Diese Stelle hat zwar eigentlich nichts mit Diktaten zu tun, aber ich möchte einfach mal sehen, wie es läuft. Wo arbeiten Sie zur Zeit?«

»Herbie's Coffee Shop. In der Innenstadt. Drei Tage in der Woche.«

Sie schien mich zu mögen, obwohl ich ihr keinen Grund dazu gab. Vielleicht lag es an Delores' Hemd. Ich hatte noch nie Büroarbeit gemacht. Ich dachte mir immer, wenn du einmal mit dem Tippen anfängst, dann endest du als Tippse, und so wollte ich nicht enden.

»Ich gebe Ihnen ein paar Sätze und Sie schreiben sie auf.«

»Okay.«

»Nummer eins. 'Mein letzter Geliebter oder meine letzte Geliebte hieß ...' Füllen Sie die Lücke aus.«

Ich schrieb »Delores«.

Sie sah mir über die Schulter, verschwitzt riechend wie ein Mann.

»Wo ist Delores jetzt?«

»Sie hat mich wegen Nelson Rockefeller verlassen.«

»Ich verstehe.« Sie war steif und sachlich. »Nummer zwei. 'Wir werden alle dafür in den Himmel kommen.'«

Ich kicherte.

»Nummer drei. 'Wenn ich so lache, fühle ich mich ...'«

»Nervös.«

Sie nahm das Papier und sah es sich sehr sorgfältig an. Ich wollte die Sache mit Punkette ins Gespräch bringen, aber ich konnte es einfach nicht. Ich konnte Charlotte nicht enttäuschen. Ich wollte nicht, daß sie dachte, ich hätte wegen des Jobs gelogen. Ich konnte mich ja später mit ihr in Verbindung setzen und alles erklären.

»Ich danke Ihnen vielmals.«

Sie streckte mir wieder diese Hand hin.

»Wenn Sie die Stelle nicht bekommen, hoffe ich, daß Sie uns mal wieder besuchen.«

Und dann lächelte sie ihr süßestes Lächeln.

8

Ich geb's ja nicht gern zu, aber Frauen sind die Schlimmsten, wenn es ums Trinkgeld geht. Sie stecken die Köpfe zusammen, um die Rechnung aufzuteilen, und dann rechnen sie tatsächlich genau fünfzehn Prozent davon aus, ohne zu bedenken, wie viel sie dich herumgehetzt haben. Männer reden nicht darüber. Jeder schält einen Dollar aus seiner Brieftasche und läßt ihn still und heimlich neben seinem Teller liegen.

Es war ein harter Tag im »Herbie's«, denn Momma schnauzte uns alle an. Joe und ich tranken Rum und versuchten, ihr aus dem Weg zu gehen. Manche Köche sind ermüdend, andere sind schlichtweg nervig, aber Joe erreichte es mit seinem Charme irgendwie, daß ich mich samtpfotig und gelassen fühlte. Bei seiner Art, mit den Goldketten, die auf seiner braunen Haut glitzerten, und dem Zahnstocher, der von seinen Lippen herabhing, wurde jeder Gefallen, um den er bat, zum Vergnügen, und sein Lächeln zur Ermutigung. Seine Art, »alles klar, Baby« zu sagen, wenn ich ihm meine Bestellung zurief, egal wie beschäftigt er war, erinnerte mich stets daran, daß er mein Kumpel war.

»Rum ist gut«, sagte er mit seinem karibischen Akzent, »aber er kann einen betrügen. Wenn man das Zittern kriegt, ist man zu weit gegangen. Geh nicht so weit, du bist doch noch ein entzückendes Mädchen. Du bist ein Schatz.«

Dann schaute er sich nach beiden Seiten um und goß mir noch etwas in meine Kaffeetasse.

»Aber«, seufzte er, »Was soll man machen? Die Welt ist so voll von Schmerz.«

Dann kratzte er sich seinen dicken Bauch und lachte.

»Ich geh heim nach Brooklyn und zieh mir ein bißchen Kokain rein und dreh den Fernseher an. Oh, ich werde fett von dem ganzen Zucker in der Suppe.«

Als Joe gegangen war, hing ich bei Dino rum, der am Grill stand, bis wir zumachten. Er erzählte mal wieder seine Kriegsgeschichten, weil im Laden absolut nichts los war.

»Ich war während des Krieges überall im Pazifik«, sagte er. »Sie haben mich auf Inseln geschickt, die ich nicht mal dem Namen nach kannte, eh' ich dort war. Dann kriegten wir zwei Wochen Fronturlaub auf Hawaii. Das war schön. Hotel, mit allen Schikanen.«

»Hatten sie damals nach Rassen getrennte Regimente, Dino?«

»Jawoll. Und Ausbildungsunteroffiziere in beiden Hautfarben. Alle so häßlich wie selbstgemachte Seife. Oh je, schau dir mal Rambo an. Er kommt sich ja so toll vor, der Blödmann.«

Rambo spielte gerade den großen Macker und gab einer niedlichen puertorikanischen Verkäuferin aus dem Eisenwarenladen das Essen umsonst. Sie tat spröde, als sei sie schwer zu haben. Doch Rambo hatte sich den falschen Moment ausgesucht, um von der Kasse wegzugehen, denn der Laden war zu leer, und Momma hatte alles im Blick. Da wurde mir klar, daß Rambo bei all seinen knallharten Sprüchen nicht einmal wußte, wie Klauen geht, ohne erwischt zu werden. Er zog seine ganze Show in aller Öffentlichkeit ab, eine bodenlose Frechheit, die er gar nicht beabsichtigte.

»Der Spinner, fällt ja überhaupt nicht auf«, sagte Dino.

Rambo rannte wie wild durch die ganze Küche. Er zauberte einen Teller mit ganz magerem Roastbeef herbei, während Dino kichernd dasaß und sich die Augen zuhielt. Die Fleischscheiben waren so rot und blutig, daß Momma sie aus einem Block Entfernung entdeckt hätte.

»Dieb«, kreischte sie so schrill, daß die orangefarbene Tapete erzitterte.

»Was ist los, du dumme Kuh?« zischte er.

»Haben Sie einen Bon dafür? Wo ist der Bon? Dieb, Sie stehlen mir das Essen aus dem Mund.«

»Du kannst mich mal, du blöde Sau«, brüllte er plötzlich. Er brüllte lauter als sie. »Du kannst mich mal, du und dein blödes Fleisch.«

»Raus hier«, schrie sie. Sie schrie, aber sie bewegte sich nicht, als hätte sie die letzten vierzig Jahre von diesem Stuhl aus Leute gefeuert. Leuten den Job wegzunehmen, das war für Momma ein so natürlicher Vorgang, daß es keine Energie mehr erforderte. Rambo nahm das Roastbeef und klatschte es gegen die Wand; dabei zerbrach der fettverklebte Spiegel. Bis zu diesem Punkt war es recht interessant gewesen, aber es gefiel mir gar nicht, daß der Spiegel kaputtging. Ein Fluch von Rambo würde schwer zu brechen sein.

»Ich bring dich um, du dumme Kuh. Paß auf deinen Arsch auf. Ich bring dich um.«

Aber er brachte sie nicht um. Er ging einfach zur Vordertür hinaus. Die Verkäuferin aus dem Eisenwarenladen nippte weiter an ihrem Seven-Up, als hätte sie mit alldem nichts zu tun. Ich und Dino standen bewegungslos da. Ich wollte das Fleisch nicht anfassen, das da auf dem Restaurantfußboden im Dreck lag, aber ich wußte, daß ich es sein würde.

»Komm schon«, sagte Dino. »Ich helfe dir.«

Er fing an, die Scherben des Tellers und die Fleischstücke

aufzusammeln und in den Mülleimer zu werfen. Momma kam rüber, ganz langsam, und sah uns an, als wären wir es gewesen, die es kaputtgemacht hatten.

»Dino«, sagte Momma. »Diese Müllbeutel kosten fünfunddreißig Cents das Stück. Verbrauchen Sie nicht so viele. Drücken Sie den Müll mit den Füßen runter. Seien Sie nicht so faul. Seien Sie stark.«

»Ich bin nicht faul«, sagte Dino ruhig.

»Und Sie«, sagte sie und zeigte auf mich. »Sie bringen mir nächstes Mal ein Attest, damit alles seine Ordnung hat.«

»Diese Frau liebt das Geld«, sagte Dino, als sie weggewatschelt war.

»Sie hat dich faul genannt.«

»Hör ihr gar nicht zu. Sie liebt das Geld zu sehr.«

Er fischte einen Penny aus dem Müll.

»Den werd' ich Momma geben. Dann ist sie glücklich.« Und er lächelte mich an. »Nimm es dir nicht so zu Herzen, es gibt auch schöne Dinge im Leben.«

Doch aus irgendeinem Grund fing ich an zu weinen, und weinte und weinte.

»Du mußt diese Trinkerei in den Griff kriegen«, sagte Dino.

9

Herbie's Coffee Shop lag in unmittelbarer Nachbarschaft von Sunshines Penthouse-Wohnung. Deshalb wußte ich so viel über sie. Sie pflegte mit verschiedenen Models zum Frühstück hereinzukommen, die sie bei Fototerminen aufgelesen hatte. Sie mußten im »Herbie's« essen, weil all die mexikanischen Yuppie-Restaurants mit ihren schicken blauen Cocktails nicht vor Mittag aufmachen. Sunshine gehörte zu den Gästen, die nie daran dachten, daß ihre Kellnerin ein richtiger Mensch war, sie nie wiedererkannten, nie ihren Namen lernten. Sie ließ ihren Kaffee stehen, während sie geistreiche Gespräche führte, und dann rief sie mich herüber, um sich zu beschweren, daß er kalt sei. An manchen Nachmittagen konnte ich sie und Delores auf Sunshines Motorrad vorbeibrausen sehen. Sie waren so cool, ich hätte kotzen können. TriBeCa war genau die Gegend, wo sie hingehörten. Eine Menge ekelhafter Leute wohnten in TriBeCa; es war überhaupt eine ekelhafte Wohngegend. Und meine Beziehung zu dieser Art von Leuten war die einer Dienstbotin.

Es lebten immer noch ein paar Künstler in der Gegend, aber nur die reichen. Da war besonders einer, der sehr berühmt war. Sein Bild war einmal im *People*. Er pflegte hereinzukommen und geschlagene fünf bis sechs Stunden lang über Geld zu reden. Er war immer von Leuten umgeben, die allem, was er sagte, zustimmten, und er redete so laut, daß du ihn in jeder Ecke des Restaurants hören konntest. Eines Tages redete er wieder laut wie gewöhnlich und gab seine Ideen zum besten.

»Ich bin gerade von meiner Osteuropa-Tournee zurückgekommen, auf der ich großartige Einblicke in den Unterschied zwischen Kommunismus und Kapitalismus gewonnen habe.«

Genau in diesem Moment kam Charlotte ins Restaurant und setzte sich an den Tisch direkt hinter dem Künstler.

»Im Kapitalismus wird eine Familie, die in Harlem lebt, niemals Paris sehen. Im Kommunismus wird eine Familie, die in Budapest lebt, niemals Paris sehen. Aber die Familie in Harlem *könnte* eines Tages Paris sehen. Und das ist der Unterschied.«

Es war mir peinlich, daß Charlotte mich dabei sah, wie ich jemanden bediente, der so dumm war, aber als ich zu ihr rüberging, lehnte sie sich über den Tisch wie eine Mitverschwörerin.

»Willst du den Unterschied zwischen Kommunismus und Kapitalismus wissen?« fragte sie.

»Klar.«

»Im Kapitalismus bedienen Leute mit neuen Ideen Leute mit alten Ideen. Im Kommunismus ist es ganz genauso, nur daß du im Kommunismus keine Trinkgelder bekommst.«

Und da wurde mir klar, daß Charlotte gekommen war, um mich zu besuchen.

»Habe ich die Stelle bekommen?« fragte ich und wußte nicht, ob ich lachen sollte oder nicht.

»Ich muß zugeben, daß es gar keine Stelle gibt. Verzeihst du mir?« Sie küßte mir die Hand.

»Klar.«

»Ich tue solche Dinge«, sagte sie, »weil ich die Provokation mag. Ansonsten bin ich den ganzen Tag gelangweilt und gehässig. Außerdem wollte ich vor Beatriz nicht über Marianne reden. Das verstehst du doch, nicht wahr?«

»Ja, aber wie...«

»Marianne hat mir alles über dich erzählt. Sie sagte, du seist sehr nett gewesen. Du hast ihre Drinks bezahlt. Du hast deine Zigaretten mit ihr geteilt. Du hast ihr Ratschläge gegeben und nicht versucht, sie ins Bett zu bekommen. Ich dachte mir, daß du zu guter Letzt auftauchen würdest. Schließlich war Marianne eine sehr attraktive junge Frau, nicht wahr?«

»Ja, das war sie.«

»Aber wir reden später weiter darüber. Um wieviel Uhr hast du Schluß?«

Sie saß die nächsten vierzig Minuten lang da und freundete sich mit Dino und Joe an, indem sie alle Gäste nachmachte. Charlotte war verblüffend, denn sie konnte jederzeit in jede beliebige Rolle schlüpfen. Sie konnte jede beliebige Person spielen und trotzdem die Situation total im Griff haben. Sie war eine Vollblut-Entertainerin.

Als die Arbeit vorbei war, gingen wir in den Park.

»Wie kannst du dich bloß jemals langweilen, Charlotte, wenn du den ganzen Tag lang Rollen spielst?«

»Schauspielen ist großartig«, sagte sie. »Ganz besonders liebe ich es, boshaft zu sein. Es ist so befriedigend. Im Leben ist es schrecklich, aber auf der Bühne ist es das Tollste. Auf diese Weise schauen dir alle genauer zu, und dann wollen sie dir deine Sorgen lindern und einen besseren Menschen aus dir machen.«

Während sie redete, konnte ich sehen, wie gewandt sie war. Sie wußte, welchen Gesichtsausdruck sie benutzen mußte, um jede beliebige Situation zu vermitteln. Sie verfügte über eine so differenzierte Mimik, daß sie es fertigbrachte, sichtbar zu machen, was sie dachte, und sich darauf einzulassen, was ich dachte, und obendrein noch höflich zu sein. Aber es gab immer Überraschungen. Wie zum Beispiel, als ich gerade mitten drin war, ihr die Sache mit Delores zu erklären, und – »Oh Gott!«

»Was ist denn?«

»Ich hab gesehen, wie sich ein Baby total vollgesabbert hat. Es war toll.«

Sie war ein Kind, bereit, sofort nach allem zu greifen und darauf zu reagieren. Sie ließ es nicht zu, daß ihr Leben ihr total an die Nieren ging.

Es war gerade warm genug im Park, um eine Bank auszuprobieren. Ich konnte spüren, wie Charlotte neben mir atmete. Sie roch nach Pferd. Es war so aufregend. Charlotte fühlte die Dinge wirklich, genau wie diese Typen im spanischsprachigen Fernsehen, und es machte mich ein wenig freier, in ihrer Nähe zu sein. Mein ganzer Körper kribbelte, meine Muskeln atmeten. Kein Wunder, daß Punkette sie liebte. Seit Delores weiß ich manchmal nichts mehr mit Leuten anzufangen, weil mir nicht klar ist, wie viel sie wirklich fühlen. Wenn sie sich mit mir beschäftigen, weiß ich nicht, ob sie es mit Absicht tun oder ob es ein Trick ist. Doch mit Charlottes Stimme an meinem Nakken wurde mir bewußt, wie ich die Nähe vermißt hatte. Ich glaube aber, ich kam allzu sehr in Fahrt und unterbrach sie die ganze Zeit krampfhaft, einfach nur, um mit Charlotte ein Gespräch zu führen. Um ihre Zähne zu sehen.

»Charlotte, als du klein warst, was wolltest du mal werden, wenn du erwachsen bist?«

»Das Erwachsenwerden ist in meinem Leben immer eine evasive Frage gewesen.«

»Was bedeutet *evasiv*?«

»Ausflüchte enthaltend.«

Ich glaube, ich wußte eigentlich, was *evasiv* bedeutet, aber ich war so aufgeregt, daß ich es vergessen hatte.

»Mal sehen«, fuhr sie fort, »ich spielte die ganze Zeit Spiele. Ich hatte sechs Brüder. Einer ist gestorben. Drei von ihnen sind Pfarrer. Die anderen –«

»Was für Spiele? Oh … tut mir leid.«

Ich wollte den Mund halten, ich wollte wirklich den Mund halten.

»Macht nichts. Prinzen und Drachen und Seeräuber. Wir –«

»Prinzen? Sollen wir uns ein Bier holen? Tut mir leid … ich höre zu. Ich höre jedes Wort, das du sagst.«

Das tat ich auch. Ich hörte zu angestrengt zu. Und so wurde sie still. Beinahe mürrisch. Ich hatte nicht die geringste Ahnung, was ich tun sollte, bis ein Penner vorbeiging und vor sich hin lachte.

»Ich mag keine Homosexuellen«, sagte er.

Und ich liebte ihn dafür, weil er in mir dasselbe sehen konnte wie in Charlotte. Damit saßen wir im selben Boot. Ich wollte, daß sie ihren Arm um mich legte, aber statt dessen strich sie ihr schwarzes Haar zurück und nahm ihre Ohrringe ab.

»Die sollte ich besser wegtun und zu meinem knallharten Ich zurückkehren.«

Direkt vor mir auf einer Parkbank verwandelte sie sich von der sanften Frau auf der Bühne, lachend und offen, in ein irisches Mannweib mit entschlossenem Kinn und großen Händen, die abends mit verspannten Schultern nach Hause kommt und die Zuwendung ihrer Geliebten braucht. Ich glaube, das war das erste Mal, daß ich eine von Charlottes Rollen auf Anhieb als echt empfand. Sie war eine Frau, die Anzugjacketts und Männerhosen trug. Sie steckte ihre Hände in die Taschen und schwieg hartnäckig, wenn sie wirklich etwas zu sagen hatte.

Sie war so nahe und greifbar, daß ich mich nicht länger an die Spielregel des Berührens und Nicht-Berührens halten konnte. Ich legte ihr meine flache Hand aufs Revers, ganz leicht, und zog sie dann zurück, griff nach einer Zigarette und bot ihr auch eine an.

»Nein danke, ich rauche nicht mehr.«

Das blieb mir die ganze Nacht im Gedächtnis hängen, während ich mich auf der Couch herumwarf. Charlotte raucht nicht. Wie konnte ich jemals einer Frau nahe sein, die nicht raucht? Kein bitterer Tabakgeschmack auf ihrer Zunge, wenn ich daran lutsche. Keine spätabendlichen Rauchwolken, die über unseren Schultern liegen. Keine rote Zigarettenglut, die in der Dunkelheit schwelt. Kein Weiterreichen des Zigarettenstummels von Lippe zu Lippe. Sie würde meinen Geruch niemals so lieben, wie eine Nikotinabhängige nach mir lechzte. Da fragte ich mich, ob Charlotte nur ein Ablenkungsmanöver für mich darstellte, und ob ich ihr nichts bedeutete. Doch dieser Gedanke war zu trostlos, als daß ich ihn hätte akzeptieren können.

10

Ich hatte die Idee mehr oder weniger fallengelassen, Priscillas Revolver sofort zurückzugeben. Es ist eigentlich gar nicht so außergewöhnlich, einen Revolver zu haben. Die meisten Leute in New York City scheinen einen zu haben. Das ist normal. Es wird lediglich erwartet, daß du cool damit umgehst und ihn lässig versteckt hältst. Dann wissen alle, daß du einen hast, aber er wird nie erwähnt, wie Genitalien oder Geld. In Wirklichkeit hatte ich mich, nachdem ich so viel mit dem Revolver herumgespielt und die Vorstellung eingeübt hatte, ihn zu benutzen, allmählich an den Gedanken gewöhnt, auf wen zu schießen.

Mord muß keine einsame Tragödie sein. Schon gar nicht bei Notwehr. Ich meine, ich könnte Delores an jedem beliebigen Tag der Woche töten, und es wäre Notwehr, weil sie mich rund um die Uhr verletzte. Aber eine solche Argumentation hat in den Augen der Öffentlichkeit keine Chance. Du kannst nur töten, um eine andere Frau zu beschützen, wenn du ungeschoren davonkommen willst. Das ist, glaube ich, der Trick, den Männer oft anwenden. Sie wollen eigentlich nur irgendwem eine reinhauen, und dann schauen sie sich nach dem erstbesten unverschämten Besoffenen um, der eine Frau belästigt. Auf diese Weise können sie sich abreagieren und gleichzeitig ein Held sein.

Angenommen, Charlotte und ich wären eines Nachts Punkettes Mörder auf der Spur. Alle Hinweise führen zu einem verlassenen Schießstand zwischen einer Videothek und einem Kräuterladen. Es ist nach Mitternacht, und wir stochern bei Kerzenlicht im Abfall, in Menschenscheiße und Sperrmüll herum, bis plötzlich ein großer Kerl aus dem Schatten tritt. Er läßt sein Messer hervorschnellen und hält uns einen Vortrag darüber, warum er Punkette umgebracht hat, mit allen praktischen Einzelheiten. Zum krönenden Abschluß stimmt er ein unheimliches Gelächter an und springt Charlotte an die Kehle. In diesem Moment würde ich meinen Revolver ziehen und ihm eine Kugel mitten in den Bauch jagen. Wir würden seine Leiche für die Ratten liegenlassen und euphorisch auf die Straße hinauslaufen. Charlotte würde mich ewig dafür lieben. Sie würde ihre Arme um mich werfen und echte Tränen weinen. Ich bin sicher, daß ich mich danach in jeder Hinsicht besser fühlen würde.

Wenn Charlotte und ich Punkettes Mörder finden wollten, mußten wir uns bald aufmachen. Ich hatte seit dem Tag im Park nichts mehr von ihr gehört, und ich bekam Angst bei dem Gedanken, sie könnte meinem Leben entgleiten. Das konnte ich nicht zulassen. Ich zog wieder Delores' Hemd an. Es gibt auf dieser Welt Leute, die nichts von Kleidung verstehen; was gut aussieht und warum. Wenn ein Kleidungsstück Erfolg hat, wird es zu einem ständigen Teil des Repertoirs, einem Dauerbrenner. Delores' Hemd hatte bei Delores funktioniert, und bis jetzt hatte es bei mir funktioniert. Nun gab es andere, dringendere Fragen.

Es war beinahe angenehm, zum Theater rüberzugehen. Charlottes Wohngegend und ich gewöhnten uns aneinander, oder vielleicht wurde ich allmählich ein Teil von ihr. Manche

Straßen in New York City sind fabelhaft, und auch ihre Menschen sind phantastisch. Manche Straßen sind gedankenverloren und nach innen gewandt. Manche sind gebrochen und müde. Manche nehmen die Dinge hin, wie sie sind. Charlottes Straßen bauen sich ihr eigenes Universum – mit ihrem ganz persönlichen Ordnungssinn und ohne allzu viele Fragen oder Möglichkeiten. Sie sind nicht romantisch oder einladend, aber gerade deshalb saugen sie dich auf. Besonders wenn du zu den Leuten gehörst, die im Moment keine Lust haben, in die Zukunft zu schauen.

Die Eingangstür war nicht verschlossen, also ging ich hinein ins kühle Dunkel des Theaters. Beatriz war wieder da, allein in der ersten Reihe. Ich wußte, daß ich sie besser nicht stören sollte, weil sie gerade über etwas Dramaturgisches nachdachte. Und wahrscheinlich sollte ich sie besser nicht in die Sache mit Punkette hineinziehen, denn sie mußte sehr gemischte Gefühle haben. Doch ich war neugierig, was das für eine Frau war, die Charlotte herumschubste, um zu erreichen, was sie von ihr wollte, und damit tatsächlich Erfolg hatte. Beatriz schien auf die leere Bühne zu starren. Ab und zu gab sie ein leises Geräusch von sich, ein anerkennendes Schnauben, und dann machte sie sich eine Notiz.

»Entschuldigung.«

Sie blickte hoch, aufgestört, aber mit wohlwollendem Lächeln. Jemand mit sehr guter Kinderstube. Diplomatisch. Kein gewöhnlicher Mensch.

»Sie sind Mariannes Freundin, nicht wahr?«

Der Schreck fuhr mir bis in die Zahnplomben.

Ich hatte gedacht, Charlotte wollte nicht, daß sie das mit Marianne erfuhr. Oder war es so, daß Charlotte nur nicht wollte, daß Beatriz mit *mir* über Marianne sprach? Wußte ich etwas Besonderes, oder hatte es sich Charlotte anders überlegt? Ich wollte schleunigst verschwinden, aber sie durchkreuzte meine Pläne, indem sie sagte: »Kommen Sie herein und setzen Sie sich. Ich habe Sie erwartet.«

Sie war mir meilenweit überlegen und trug ihre Überlegenheit stilvoll zur Schau. Sie wußte mehr, als sie hätte wissen sollen, aber sie war so höflich, es mir zu sagen. Beatriz ließ keine Spannung in der Luft hängen wie in einem melodramatischen Hafenfilm, mit Schiffshörnern und Nebel. Es gab keine hochgezogenen Augenbrauen oder Schulterpolster und Vampirnägel. Sie sagte es so, als denke sie eigentlich an etwas anderes, aber zwischendurch war es gut, sich mit dieser Kleinigkeit zu beschäftigen, einfach, weil sie mehr wußte, als ich ihr gesagt hatte, und das war alles.

»Beatriz Piazzola, wie der Musiker.«

Sie klopfte mit einem Bleistift auf den Stuhl neben sich. Dann starrten wir beide auf die leere Bühne.

»Ich hatte Marianne gewarnt, keine Fremden in die Wohnung zu lassen, weder in ihre eigene noch in die von anderen. Aber was können Sie schon groß tun, wenn Kinder wollen, daß alles immer schön ist?«

Sie war Lateinamerikanerin, aber nicht aus Puerto Rico und nicht aus Santo Domingo, mit weichem Tonfall und unreiner Haut. Ihr Englisch war von einem leichten britischen Akzent geprägt, wie bei einer, die in einem Gymnasium von geduldigen Nonnen unterrichtet worden ist, Übungssätze in ein kleines Heft geschrieben und perfekte Klassenarbeiten abgeliefert hat. Englisch war seit langer Zeit ein Teil ihres Lebens.

»Ich arbeite gerade an einem Theaterstück, und zwar adaptiere ich einen Roman der britischen Schriftstellerin Mary Renault. Kennen Sie sie?«

»Nein.«

Sie lächelte freundlich, so als sei meine Unwissenheit nichts, was Anlaß zur Sorge gab.

»Es ist die Geschichte zweier Frauen, die in den vierziger Jahren zusammen auf einem Hausboot auf der Themse wohnen. Sie leben schon seit zehn Jahren so, schlafen jede Nacht im selben Bett und teilen jeden Tag ihre Gewohnheiten und

Phantasien miteinander. Aber sie haben nie eine Liebesbeziehung miteinander gehabt.«

»Nie?«

»Nein. Nun ja, eines Nachts vor Jahren, aber darüber wird am besten nicht gesprochen. Sie haben, verstehen Sie, eine lesbische Beziehung miteinander, aber sie wissen es nicht. Da kommt die Amerikanerin ins Spiel.«

Sie hob einen Finger, um ihre Worte zu unterstreichen, und lachte.

»Amerikanerinnen können allein durch ihr Auftreten als dramatischer Katalysator wirken. Denn für eine Ausländerin gibt es keinen Unterschied zwischen Ihnen und Hollywood. Und diese gewisse Amerikanerin arbeitet auch tatsächlich in Hollywood. Sie ißt in derselben Kantine zu Mittag wie Bette Davis. Sie ist ein wandelnder Film, und sie ist Lesbe. Außerdem ist sie hinter einer der Engländerinnen her und verfolgt sie so lange, bis sie sie im Bett hat.«

Beatriz war mit schmückenden Accessoires behängt. Sie trug schrillbunte Halstücher, die bei jeder Bewegung Farbe aufzucken ließen, und eine umfangreiche Kollektion der verschiedensten Ohrringe, Armreife und Spangen, ein Lederband und einen hölzernen Einsteckkamm. Es war irgendwie alles genau richtig und beruhigend, denn wenn ich ihr nicht zu lange auf einmal in die Augen sehen wollte, gab es völlig legitime Gründe, den Rest von ihr zu betrachten. Wenn du Charlotte zu genau beobachtetest, fraß sie dich auf, aber Beatriz war dafür gemacht, angeschaut zu werden.

»Diese Affäre führt natürlich zu einer großen Krise in der Freundschaft. Verstehen Sie, sie zwingt die beiden dazu, sich mit der Lüge in ihrer Beziehung und ihrer Mitschuld an dieser Lüge auseinanderzusetzen, einer Lüge, die zehn Jahre ihres Lebens verschluckt hat. Wissen Sie, was es bedeutet, zehn Jahre wegen einer Lüge abschreiben zu müssen?«

Je komplizierter die Geschichte wurde, desto weniger Ausdruck zeigte Beatriz in ihrem Gesicht. Und ich konnte sehen, daß sie zu großem Zorn fähig war.

»Das Gefühl habe ich, was mein ganzes Leben angeht«, sagte ich.

»Gut. Dann wissen Sie ja genau, wovon ich rede.«

»Ich habe noch nie von so einem Buch gehört«, sagte ich. »Ich hätte nicht mal gedacht, daß es so eins überhaupt geben könnte.«

»Gibt es auch nicht.« Sie lachte wieder; ein Lachen, das du in einem dunklen, vollbesetzten Kino hättest heraushören können.

»Was ich Ihnen gerade erzählt habe, ist mein Traum von diesem Buch. Auf den wirklichen Seiten kommt keine Amerikanerin vor. Da gibt es nur einen langweiligen Mann. Und das Geheimnis liegt, fürchte ich, nur in der Phantasie der aufgeklärten Leserin.«

»Zu schade, es wäre so traumhaft gewesen.«

»Es wird traumhaft werden. Wir brauchen nicht an der Stelle aufzuhören, wo es die Autorin tut. Das ist nur der erste Schritt.« Dann seufzte sie. »Die Leute helfen sich die ganze Zeit gegenseitig beim Lügen. Und das nennen sie dann Freundschaft, aber es ist gar keine, oder?«

Ich forschte in ihrem Gesicht nach der richtigen Antwort, aber sie gab mir keine.

»Die kleine Marianne hatte keine Achtung vor Dingen, von denen sie nichts verstand, und ich lüge Charlotte vor, daß das ein tragbarer Einbruch in mein Leben sei, aber das ist es nicht. Ich habe auf vieles verzichtet, um diese Frau lieben zu können, aber ich werde nicht darauf verzichten, mit Achtung behandelt zu werden. Ich werde nicht mit einem Schulmädchen um Zuwendung buhlen.«

»Glauben Sie, daß sie von jemandem getötet worden ist, den sie kannte, oder ist Marianne einfach im falschen Moment die falsche Straße entlanggegangen?«

»Ehrlich gesagt, ich habe mir noch nicht erlaubt, darüber

nachzudenken. Im allgemeinen akzeptiere ich Mord ohne Fragen, weil es viel mehr Gründe für solche Vorfälle gibt als Individuen, die sie ausführen. Aber ich will Ihnen zweierlei sagen. Erstens: die Leichen von Fremden werden nicht in den Fluß geworfen. Es ist nicht der Mühe wert. Die Leichen von Fremden werden in Hauseingängen oder im hintersten Teil von unbebauten Grundstücken liegengelassen. Sie werden halbverwest von der Polizei eingesammelt und in Plastiktüten weggeschafft. Dann wird ein Bericht mit der Überschrift 'Nicht identifizierter Lateinamerikaner, 20–25, Täter unbekannt' zu den Akten gelegt. Und damit ist die Sache erledigt.«

»Was ist das zweite?«

»Das zweite«, sagte sie und sprang von ihrem Stuhl auf, »ist, daß wir hier drin ein Hausboot bauen werden und einen Landungssteg. Die Beleuchtung wird sehr schön sein. Weiß und heiß am Mittag, wie wenn die Sonne dir direkt auf den Kopf scheint und das Wasser trübt. Dann am Abend wenn die Brise vom Meer hereinkommt, wird es mitternachtsblau sein, kühl und frisch.«

Sie sah mich wieder direkt an, ihre Augen riesengroß.

»Ich bin kein Ungeheuer. Ich bin nur eine Frau in all ihrer Komplexität. Wir müssen in der Lage sein, ein großes Spektrum von Gefühlen gleichzeitig innerhalb der Grenzen unserer weiblichen Körper unterzubringen.«

Ich betrachtete vor allem ihre Haut und die Art, wie sich ihre Handgelenke bewegten. Sie besaß die gewisse innere Anmut und die intelligente Schönheit, die Frauen erst Ende Dreißig zu entfalten beginnen. Alles hat Struktur und zeigt weise Empfindungen. Es lag in ihrer Stimme, ihren Gesten, in jeder ihrer Gewohnheiten. Eine bestimmte Vertrautheit mit Hindernissen. Sie blickte nicht flüchtig von einer Seite zur anderen, sondern auf und ab, auf sich selbst und dann wieder zu mir. Ihre Augen waren tief und müde, mit Falten an den Seiten, wie Bilderrahmen. Beatriz' Adern traten an ihrem Hals und an diesen schmalen Handgelenken hervor, die so schön waren – an ihnen konnte ich jede Sorge und jede geleistete Arbeit ablesen. Ich wurde zum ersten Mal seit langem aufgeregt, als mir klar wurde, daß dies auch in meiner Zukunft lag. Zu wissen, daß nicht nur sie, sondern auch ich selbst so schön sein würde. Es war so lange her, daß ich solche hoffnungsvollen Vorstellungen gehabt hatte.

»In diesem Stück ist Charlotte die verlassene Freundin, eine Frau, die sich selbst anlügt. Als Sie hereinkamen, plante ich gerade eine Szene, in der jeder Satz eine Lüge ist.«

»Ist das das Stück, das Sie gerade probten, als ich Sie das erste Mal traf?«

»Oh nein. Das war eine alberne Übung. Charlotte spielt keine naiven Sachen. Sie muß immer sehr furchterregend wirken.«

»Mir macht sie jedenfalls ganz schön Anst«, sagte ich. »Ich möchte sie nicht erleben, wenn sie mal ihre Schattenseiten zeigt. Sie sieht aus, als könnte sie jemandem einen Stuhl über den Kopf schmettern, einfach so. Als könnte sie einen zerstören, wenn es ihr gerade in den Sinn kommt oder wenn sie nichts anderes zu tun hat.«

»Nein, nein, nein«, sagte Beatriz etwas zu aggressiv. »Jeder Mensch kann einen anderen zerstören. Die meisten wollen es nur nicht zugeben. Eine gute Schauspielerin gibt diese Dinge für uns zu. Deshalb lieben wir sie so sehr.«

Beatriz hatte die Stimme einer bekehrten Raucherin, eine Blues-Stimme, mit einem Husten in ihrem Lachen. Sie war dünn von einem Übermaß an Energie.

»Charlotte und ich sind seit langer, langer Zeit zusammen. Wir haben uns gegenseitig an unsere Schwächen angepaßt. Charlotte hat Affären, und so lange sie mich dabei berücksichtigt, toleriere ich es. Ich tue das, weil ich sie liebe und mit ihr zusammensein will. Wichtiger als die Kategorie oder das theoretische Konzept der Beziehung ist mir, daß ich Charlotte als Frau liebe.«

»Dreiecksbeziehungen sind ein Riesenchaos«, sagte ich.

»Nein«, antwortete sie knapp, als sei ich falsch informiert. »Alles *kann* funktionieren, aber die ganze Verantwortung liegt bei der neuen Geliebten. Eine Romanze ist immer aufregender als eine Ehe, und eine neue Geliebte hat Augenblicke größerer Macht als die alte, weil das Vertrautsein mit ihrer Trickkiste fehlt. Leider hatte Marianne nicht den Anstand, sich den Grenzen ihrer Rolle anzupassen. Die beste Newcomerin ist eine, die viel Respekt hat. Sie müssen mich respektieren, und sie müssen Rücksicht auf mich nehmen. Dann können wir alle großzügig sein, und jede ist auf ihre Weise zufrieden.«

Sie nahm eine große Flasche Mineralwasser aus einer Papiertüte und goß daraus in zwei abgestoßene Becher ein. Ohne den süßen Schuß Alkohol, an den ich gewöhnt war, schmeckte es fad, wie Gas.

»Meine frühere Freundin Delores, die war nicht so großzügig mit mir.«

»Nun, dann haben Sie Glück, daß Sie sie los sind. Keine Sorge, sie wird dasselbe mit ihrer neuen Geliebten tun, wenn sie an der Reihe ist. Dann können Sie sich freuen. Die Leute ändern nie ihren Modus Operandi.«

Das machte mich zornig. Es fing in meinen Oberarmen an, sie begannen zu schmerzen. Ich wurde fahrig, als wollte ich alles zertrümmern und mich selbst im Spiegel anschreien.

»Sie hat Sie einfach nicht geliebt. Das ist offensichtlich.«

Ich wollte, daß sie den Mund hielt.

»Sie klingen so, als wäre es Ihnen völlig egal, daß Marianne tot ist. Es ist Ihnen sogar gleichgültig, daß ihr jemand den Hals zugedrückt hat, bis ihr Genick brach. Überlegen Sie doch mal, wieviel Angst sie gehabt haben muß. Ist Ihnen das denn scheißegal?«

»Sie war meine Rivalin. Ich habe das Recht dazu, kalt zu sein. Charlotte mag diese jungen Frauen, ich kann sie nicht ausstehen. Sie gefallen mir ästhetisch nicht. Ich mag ihre Haut nicht. Es ist heutzutage zu einfach, in New York City lesbisch zu sein. Ich stamme noch aus einer Zeit, als sexuelle Erregung nur an versteckten Orten stattfinden konnte. Süße Frauen mußten sich ständig in Gefahr begeben, um mit mir zu schlafen. Mein ganzes Liebesleben hat mit Affären und Heimlichkeiten zu tun. Sie können das heutzutage nicht mehr verstehen, überhaupt nicht. Lesben werden nie mehr so sexy sein.«

Ich fragte mich, ob ihre Hände zu klein waren, um sich um Punkettes Hals legen zu können. Und dann stellte ich mir eine umfassendere Frage. Was verleiht einem Menschen plötzlich die Fähigkeit, einen Mord zu begehen? Es ist einfacher, zu hassen als zu töten, das ist klar. Aber ich wette, beides kombiniert bringt die größte Genugtuung. Wenn du die Frau tötest, die die Liebe aus deinem Leben genommen hat, kann das ein Akt der Ehre sein. Aber wenn du eine Frau tötest, weil du sie als Go-Go-Tänzerin in East Newark gesehen hast und spüren wolltest, wie ihr Genick knirscht, dann verdienst du zu sterben. Ich wunderte mich, wie leicht ich diesen Unterschied akzeptierte.

11

Du kannst nur bis zu einem gewissen Grade selbst etwas für dich tun. Wenn die Schwierigkeiten, in denen du steckst, so angsteinflößend sind, daß du dich auf keinen Fall selbst daraus befreien kannst, dann hast du immer noch die Möglichkeit, wen um Hilfe zu bitten. Hierfür kommen in erster Linie kluge, einfühlsame und kreative Menschen in Frage. Das läßt die Auswahl schon erheblich zusammenschrumpfen. Es müssen welche sein, die etwas Zeit übrig haben und die dich schließlich auch ein bißchen gern haben. Als ich alle notwendigen Qualifikationen der Reihe nach durchging, kam nur eine Person in Frage: Coco Flores.

Wenn jede Frau eine beste Freundin hat, dann ist Coco wohl meine. Sie konnte schon immer gut reden, aber seit sie als Friseuse arbeitete, hatte sie auch gelernt zuzuhören. Wir begegneten uns, als sie noch Managerin einer Frauen-Punk-Band namens »Useless Phlegm« war. Der Name paßte haargenau zur Musik dieser Gruppe und zur Persönlichkeit der Musikerinnen. Als Coco vorschlug, ihn in »Warm Spit« umzudern, wurde sie gefeuert. Dann machte sie eine Ausbildung zur Friseuse und fand einen Job in einem Frisiersalon in der neuen Geschäftsstraße am Hafen, wo früher die Stripteaselokale waren. Coco stand gern vor der Ladentür herum. Sie kannte alle Leute in dieser Straße, und alle kannten sie. Sie wußte von allen Bettelnden zwischen dem Park und der Linie F, wie sie mit Vornamen hießen.

»Wenn dich welche um Geld anhauen, mußt du ihnen was geben«, sagte sie immer. »Wie kannst du da nein sagen! Am besten 'nen Dollar.«

Natürlich kann eine Friseuse keine Dollars verteilen, als wären es Visitenkarten; deshalb stellte sie nach und nach eine Prioritätenliste auf, an deren Spitze zwei schwarze Lesben standen, die regelmäßig nach Geld fragten. Die eine tat ihre Arbeit an der Ecke Vierte und Zweite Straße, und die andere stand unter dem Baugerüst am Saint Mark's Place, wo die Bauarbeiter ein Kino abgerissen hatten und ein David's Cookies bauten. Sie seien eindeutig lesbisch, erklärte mir Coco, und wir müßten uns schließlich zuerst mal um die eigenen Leute kümmern, deshalb fühle sie sich persönlich für sie verantwortlich. Es gibt ja überhaupt immer mehr Frauen, die auf der Straße die Vorbeigehenden um Geld anquatschen, aber Frauen betteln meistens richtig. Sie weinen oder sie erklären, aus welchem triftigen Grund sie das Geld brauchen, zum Beispiel, um nach Hause nach New Jersey fahren zu können. Ganz anders diese Frauen. Sie stehen da, an eine Hauswand gelehnt, und sprechen dich mit zuckersüßer Stimme an.

»Baby, kannst du mir ein paar Dollar geben?«

Coco kam mit so ziemlich allen Leuten gut aus und besaß von daher natürlich Seltenheitswert. Irgendwo im Hintergrund hatte sie auf beiden Seiten der Familie puertorikanische Vorfahren, aber die waren schon in den dreißiger Jahren herübergekommen, so daß sie jetzt mehr New Yorkerin war als sonst irgendwas. Coco war nie eine Salsa-Queen gewesen, aber sie experimentierte ein bißchen mit Latin Punk herum und färbte sich ihr Haar immer in allen möglichen Farben. Doch das Spannendste an Coco war ihre Fähigkeit, poetisches Zeug zu reden. Sie konnte plötzlich anfangen, wohlklingende Worte zu sprechen, die zwar nicht gerade zusammengehörten, aber schließlich doch irgendwie gut zueinander paßten. Cocos Geschichten zuzuhören war manchmal wie Schwimmen. Du vergaßest, wo du warst, und hinterher fühlten sich die Arme lockerer an. Sie las die ganze Zeit, klaute Wörter, die sie in ihren Ringbüchern notierte und dann in Selbstgespräche einbaute, bei denen andere nur zuschauen konnten.

»Hey, Coco, ist das nicht ein herrlicher Tag heute?«

»Ich weiß«, sagte sie und warf ihr chartreuseblondes Haar zurück. »Es ist der goldgefiederte Vogel.«

»Wer?«

»Das feurig funkelnde Gefieder des Vogels baumelt zu Boden.«

Wir waren auf dem Weg zum Hudson River und versuchten gerade, über die Straße zu kommen; wir mußten ständig den Autos ausweichen, die an uns vorüberbrausten, deshalb verstand ich nicht richtig, was sie sagte.

»Das feurig funkelnde Gefieder des Vogels baumelt zu Boden«, schrie sie mir über den Verkehrslärm hinweg zu. »Das bedeutet, glaub an die Phantasie, aber das ist nicht politisch gemeint, wie du *sollst*. Die Worte sind nur ein Beispiel dafür.«

»Wo hast du denn das her, Coco?«

»Die Kundin, die immer um drei Uhr einen Termin bei mir hat, hat mal einen Kurs an der New School mitgemacht. Nächstes Jahr will sie zwei belegen. Sie hat mir davon erzählt, während die Dauerwelle einwirken mußte.«

Eine Minute später saßen wir am Hafenbecken, wo es sonnig und warm war. Ich trank ein Bier. Coco trank einen Eistee.

»Erzähl mir eine Geschichte, Coco. Erzähl mir eine deiner tollen Geschichten über eine Geliebte.«

Coco warf wieder ihr Haar zurück und blickte über das Wasser. Es sah beinahe hübsch aus, wenn die Sonne das Blau zum Leuchten brachte und den Unrat und die toten Fische unsichtbar machte.

»Wir waren beide zu Besuch auf dem Landgut eines reichen Schwulen, dessen Freund mit mir zusammen die Ausbildung gemacht hat. Sie war verheiratet und schon älter, aber wir flirteten das ganze Wochenende miteinander, vor den Augen der anderen; ihr Mann war Gott sei Dank nicht da. Schließlich strahlten wir uns an und verabredeten uns für Mitternacht, vergaßen aber zu sagen, wo. Ich räkelte mich also im Bett herum und wartete, brachte mich in Stimmung, bis ich feucht war und alles prickelte. Und zur selben Zeit wartete sie auf mich, wählte die perfekte Beleuchtung und Musik aus und bezog das Bett frisch. Es wurde immer später, wir warteten beide und jede fragte sich, ob die andere jemals auftauchen würde. Schließlich beschloß ich, nicht enttäuscht zu sein, und da ich es war, die auf Freiersfüßen wandelte, wollte ich zu dem Gästehaus hinübergehen, in dem sie wohnte.«

An genau dieser Stelle der Geschichte holte Coco eine Nagelfeile hervor und begann sich zu maniküren.

»Ich hab nachher eine Verabredung«, erklärte sie und grinste in sich hinein.

»Na jedenfalls – es war dunkel im Wald in dieser Nacht, kaum ein Stern am Himmel. Trotzdem fiel es mir nicht schwer, mich zurechtzufinden und in völliger Dunkelheit die Waldwege entlangzugehen, denn meine Erregung war erleuchtend. Ich ging mit beflügelten Schritten und konnte die Nacht um mich herum spüren, als plötzlich, in einiger Entfernung, vor mir auf dem Weg ein einzelner Lichtpunkt auftauchte und mir entgegenleuchtete.

'Wer ist da?' rief sie, obwohl sie ganz genau wußte, daß ich es war, die zu ihr kam, um mit ihr zu schlafen.

'Ich bin's', sagte ich. 'Coco Flores.'

Na, ich kann dir sagen, das war ein Spaß. Alles lief genau so, wie es sollte.«

»Und was sagte sie?« wollte ich wissen.

»Sie lachte und sagte 'oh, super' und 'du bist heiß, du bist wirklich heiß'. Das sagte sie deshalb zu mir, weil ich da draußen im Wald an ihrem Hals hing und weil ich ihr mit meinen Zähnen die Finger zerkratzte. Dann hielt sie meine Hand in ihrem Lederhandschuh. Wir gingen miteinander durch die Nacht, scheu, aber glücklich, und küßten uns. Unsere Küsse waren allerdings alles andere als scheu. Ich legte meine Hand auf ihren Hintern, als wäre es mein eigener. 'Du gehst ganz schön ran', sagte sie.«

»Habt ihr es direkt da im Wald miteinander getrieben?« fragte ich Coco und schämte mich gleich darauf für meine plumpe Frage.

»Nein, wir schafften es noch bis zurück zu mir, und ich, die größere und jüngere und die Lesbe von uns beiden, knöpfte ihre Bluse auf, bis eine vierzigjährige Brust zum Vorschein kam, mit einer Brustwarze, so dunkel wie die Augen südländischer Frauen. Weißt du, was mich am meisten überrascht hat? Daß sie so liebevoll war und mich so bereitwillig begehrte. Ich war tief berührt, so ein sexuelles Berührtsein, das Wellen süßer Übelkeit hinterläßt, die immer in der Möse enden.«

Coco schlürfte ihren Eistee. Sie war jetzt richtig ins Reden gekommen.

»Wir genossen alles und küßten uns auf den Mund, öfter als erwartet. 'Deine Brüste sind super', sagte sie zu mir. 'Sagen dir das alle deine Liebhaberinnen?' Als ich in ihr Arschloch hineinfühlte, war es wie eine Höhle in einer Felsformation. Als ihre Finger in mich hineinglitten, schienen sie zu fliegen.«

Dann wurde Coco ganz still, als sei sie in einer verträumten, romantischen Stimmung, als wolle sie an nichts anderes denken als an diese Finger.

»Weißt du«, sagte sie, »wenn du Frauen so liebst wie ich, wenn dein ganzes Leben darum kreist, die Liebe von Frauen zu gewinnen, dann sind da hundert Augenblicke im Schatten eines Feuers oder einer Kerze, oder in das seltsame gelbe Licht einer alten Küche getaucht. Sie war so zärtlich zu mir.

'Wann', fragte ich sie, 'hast du denn das letzte Mal mit einer Frau geschlafen?' Und sie sagte: 'Vor elf Jahren.'

In diesem Moment«, fuhr Coco fort, »konnte ich ihren Schmerz buchstäblich sehen. Er sprang mir geradezu ins Auge. Ich berührte ihr Gesicht und fragte: 'Sie hat dir weh getan, nicht wahr?'

'Ja', sagte diese Frau voll Aufrichtigkeit. 'Die Frau, die ich geliebt habe, hat mir weh getan. Sie hat mich wegen eines Mannes verlassen. Sie war unglaublich egoistisch. Ich war auch nicht gerade ein Engel, aber sie war unglaublich egoistisch.'

Ich berührte ihr Gesicht wie das eines kleinen Kindes, weil sie so tapfer gewesen war, in dieser Nacht mit mir zu schlafen. Ich kannte das Gefühl der Demütigung, das sie mehr als zehn Jahre lang mit sich herumgetragen hatte. Ich hatte es schon oft gesehen, an den Nebentischen in einer Bar, als Flüstern in dunklen Räumen und im Spiegel.«

Coco wurde für einen Moment traurig und steckte ihr Haar zusammen.

»Und dann sah sie mich an, schön und nackt, und sagte: 'Es ist so viel einfacher, Frauen zu lieben, als Männer', und ich fragte mich, wo das alles noch hinführen sollte, weil ich so im Innersten berührt war.«

Coco war fertig. Sie verbeugte sich andeutungsweise in meine Richtung und begann, auf ihren Eiswürfeln herumzukauen.

»Coco«, sagte ich, »das war eine tolle Geschichte. Wie ging es dann weiter?«

»Am nächsten Tag kam ihr Mann«, sagte sie und lutschte

ihre Zitrone aus. »Und das war's dann. Ach ja, sie hat mich noch ein paarmal hier in der Stadt angerufen, aber sie wollte mit mir um die Straßenecken laufen, wo uns niemand sehen würde, Händchen halten und küssen. Ich konnte so einem Trip nichts abgewinnen. Ich will Sex in meinem Leben haben.«

12

Cocos Geschichten halfen mir, die Dinge zu durchdenken. Sie waren wohl so eine Art Therapie oder Hypnose für mich. Doch sobald ich nach Hause kam und wieder allein war, fand ich mich in meinem wahren Ich wieder. Ich konnte dem Geist von Delores nicht entkommen, der durch meine Wohnung spukte und sich wieder in meinem Bewußtsein festkrallte. Jedesmal wenn ich in der Wohnung saß, kriegte mich die Dämonin zu fassen. Das einzige, was mich von meinem Schmerz wegführte, war der Gedanke an Charlotte. Dabei konnte ich vergessen, wer ich war.

Ich kam zu dem Schluß, daß es das beste wäre, Charlotte nach ihrer ehrlichen Meinung darüber zu fragen, ob Beatriz etwas mit Punkettes Tod zu tun gehabt haben könnte. Wenn sie schuldig war, wie lange mochte sie wohl gebraucht haben, um den Mord zu planen? Was gab den letzten Anstoß zu ihrem Entschluß: »Ja, ich werde jetzt diesen Schritt unternehmen?« Wenn ich Sunshine tötete, was würde wohl als nächstes geschehen? Ich würde wahrscheinlich einfach in meiner Wohnung sitzen und darauf warten, daß die Polizei käme. Es gäbe keinen Grund wegzulaufen. Wohin sollte ich denn gehen? Und warum? Sie würden kommen und mich in eins dieser Frauengefängnisse stecken, und ich würde grüne Kittel tragen müssen, mit Zigaretten handeln und lernen, den ganzen Tag mit den anderen Frauen Karten zu spielen. Wenn sie dich vor Gericht bringen, wartet dann wirklich die Presse in einem Blitzlichtgewitter oder nimmt niemand Notiz davon, so daß du schließlich fünfzehn Jahre in Bedford Hills verbringst und Thorazin schluckst? Oder kommst du vielleicht ungeschoren davon? War das bei Beatriz der Fall?

»Du gewöhnst dich an die Handschellen«, sagte eine Kundin zu mir.

Sie hatte in Bedford gesessen, weil sie ungedeckte Schecks in Umlauf gebracht hatte.

»Handschellen bedeuten nämlich, daß es irgendwohin geht, und irgendwohin ist besser als dort. Wie bei einem Hund, der glücklich herumspringt, wenn er die Leine sieht.«

Ich lernte sie kennen, als sie im »Herbie's« eine Orangenlimonade bestellte und eine Stunde lang dasaß und daran nippte.

»Nicht alle jungen Frauen empfinden das gleiche dabei. Das ist nur meine Art, die Dinge zu sehen.«

Sie hatte Tätowierungen auf dem Arm, die mit einem blauen Stift und einer Nadel gemacht worden waren.

»Es ist ganz schön langweilig, also schaust du dich nach kleinen Beschäftigungen um.«

Sie waren grob und ungleichmäßig. Eine Tätowierung zeigte das Wort »Danger« in einem Herz. Das sei der Name ihrer Geliebten, sagte sie. Danger kam zuerst raus, aber sie versuchten nie, sich draußen wiederzutreffen. Sie erzählte mir, ein paar Frauen, die wegen Mord drin waren, hätten ihr gesagt, kurz nachdem du jemanden getötet hast, der es wirklich verdient, fühlst du dich großartig. Aber gleich darauf mußt du dafür bezahlen, daß du die Dinge so schön zurechtgerückt hast.

Die Couch wurde langsam ziemlich schmutzig davon, daß ich mich da jede Nacht zum Schlafen hinflezte, aber ich brachte es nicht über mich, ins Schlafzimmer zu gehen, denn sobald ich durch die Tür trat, fielen mir Delores' Lügen alle wieder ein.

»Ich liebe dich so sehr«, sagte sie. »Du bist meine Familie.«

Manchmal wurde es so schlimm, daß ich nur noch da auf der Couch liegen und in den Himmel schauen konnte. Wenn ich Geld gehabt hätte, wäre ich in eine ordentliche psychiatrische Klinik gegangen, aber statt dessen war ich nur eine von diesen traurigen Gestalten in der Lower East Side. Charlotte und Beatriz waren wirklich mein einziger glücklicher Gedanke. Ich hoffte, daß Beatriz es nicht getan hatte. Die Leidenschaften mancher Menschen sind so einzigartig, daß die Wirklichkeit kein Recht hat, sich da hineinzudrängen. Dieses Gefühl hatte ich ganz allgemein bei ihr und Charlotte – daß sie nicht nach normalen Maßstäben beurteilt werden konnten. Sie waren außergewöhnlich. Sie hatten Mittel und Wege gefunden, wie sie nach ihren eigenen Vorstellungen überleben konnten, und arbeiteten gemeinsam daran, die Dinge in den Griff zu bekommen. Ich dachte lieber auf diese Weise an sie – dabei gab es etwas Positives für mich zu lernen –, als mich in eine neue Dimension des Zorns hineinzusteigern.

Meine Fenster waren vergittert und draußen standen Bäume. Ich konnte von der Straße herauf Radios hören, und nachts lugte der Mond hinter den Mietskasernen hervor. Manchmal wurde ich so wütend, daß ich dachte, meine Zähne würden zerbrechen. Das einzige, was ich mir sonst noch vorstellen konnte, war, loszugehen und Charlotte zu finden. Also wusch ich Delores' Hemd durch und zog es wieder an. Es war noch nicht ganz trocken und sah allmählich etwas müde aus.

Draußen auf der Straße fühlte ich mich im ersten Moment etwas besser, weil dort alles interessant war und ich verschiedene Schattierungen von Schmerz und Möglichkeiten in einer Kombination sah, die irgendwie angenehm, oder doch zumindest unterhaltsam war. Nur wenn du offen bist, kommen die grausamsten Gedanken hereingeplatzt. Delores und ich, wir hatten unsere Flitterwochen, und dann hatten wir unsere Krise. Dabei kommt plötzlich alles zum Stillstand und du findest heraus, was die andere wirklich denkt. So banal war das. Aber ich dachte die ganze Zeit, wenn wir während unseres kleinen Krieges zusammengeblieben wären, hätte uns das Gelegenheit gegeben, einander auf ehrlichste Weise zu lieben. Wenn du Bescheid weißt, dann fängt die Liebe erst richtig an. Nun würde ich einer wieder alles von vorn erklären müssen. Und es ist doch in Wirklichkeit alles so konfus, daß es mir ausgeschlossen erscheint, irgend etwas zu erklären.

Als ich an Charlottes Tür klopfte, war es Beatriz, die öffnete.

»Ist Charlotte zu Hause?«

Beatriz stand entspannt da; sie trug ihre kleine schwarze Stretchhose und alles andere in Rot.

»Nein, sie ist in ihrer Wohnung.«

Ich war nicht in der Stimmung für weitere Überraschungen.

»Oh, ich dachte, dies wäre Charlottes Wohnung.«

»Nein.«

»Oh.«

»Wollen Sie hereinkommen?«

Ich stand eine Sekunde zu lange in dem dunklen Flur.

»Sie meinen, das hier ist *Ihre* Wohnung?«

»Richtig. Charlotte hat eine Wohnung etwas außerhalb der Stadt. Sind Sie hungrig? Ich wollte mir gerade ein paar Eier machen. Stimmt etwas nicht?«

»Nein, nichts. Ich bin nur außer Atem vom Treppensteigen. Wirklich. Macht es Ihnen ... äh etwas aus, wenn ich mich ein bißchen umschaue?«

Alles war genauso, wie ich es in Erinnerung hatte. Es gab nur einen Stuhl im Wohnzimmer. Den, auf dem ich fröstelnd gesessen hatte, während Punkette tanzte. Die Tumor-Platte lag noch auf dem Plattenspieler.

»Wo haben Sie diese Platte her?« fragte ich und hielt das Cover hoch. Es war ein Schwarzweißfoto einer geklonten Französin, die auszusehen versuchte, als sei sie einem amerikanischen Film aus den Vierzigern entsprungen, der einen französischen Film aus den Dreißigern kopiert.

»Die gehört Daniel, meinem Sohn. Er hält sich im Moment für einen Weißen und gibt sein Geld für solche Scheußlichkeiten aus. Haben Sie diese Musik schon mal gehört?«

»Einmal.«

»Dann wissen Sie ja, daß sie schrecklich ist. Ich habe zu ihm gesagt: 'Daniel, das ist schlechte Musik. Sie ist schlechter als das, was im Kaufhaus im Fahrstuhl läuft.' Aber alles, was er dazu zu sagen hat, ist: 'Sie ist schräg, Ma. Sie tut nur so, als wär' sie stupide. Du wirst es eines Tages checken. Laß mich in Ruhe.'«

Beatriz hatte eine riesige Persönlichkeit in diesem winzigen Körper, und der Kontrast zwischen beiden war deutlich sichtbar. Ihre Persönlichkeit war scharf und gefährlich, ihr Körper einfach goldig. Als könntest du sie knuddeln, bis sie total gelangweilt war und dir den Kopf abbiß.

»Die Familie Gambino hat da unten einen Punk-Club aufgemacht, und er verschwendet seinen Geist damit, dort mit den reichen Jugendlichen herumzulungern. Er ist jetzt sechzehn und ich habe überhaupt keinen Einfluß mehr auf ihn. Letztes Jahr glaubte er, er sei Puertorikaner. Sogar *Flüchtlinge* aus Argentinien halten sich für etwas Besseres als alle anderen Lateinamerikaner. Vor allem als Puertorikaner. Wußten Sie das?«

»Nein, wußte ich nicht. Empfinden Sie das so?«

»Nicht hier in New York City, dem großen Gleichmacher, in dem wir alle zu Latinos werden. Außerdem bin ich nie Nationalistin gewesen. Wir Argentinier sind wie die Amerikaner. Meister der Barbarei.«

Beatriz begann, Zwiebeln anzubraten und Eier zu verquirlen. Sie redete weiter und kehrte mir dabei den Rücken zu, so daß ich mir aussuchen konnte, ob ich ihren Körper anschauen oder ob ich mich in der Wohnung umsehen wollte; sie würde keinen Unterschied merken. Ich behielt meine Hände in den Taschen, bemühte mich, alles zu sehen, und suchte nach Spuren von Punkette. Ich fühlte mich so unbehaglich und angespannt. Ich spürte, daß ich der Situation nicht gewachsen war, und mußte deshalb etwas tun, was einen Eindruck hinterließ. Einfach um sicherzugehen, daß ich mich nicht in Luft auflösen würde. Ich ging ein bißchen in der winzigen Küche hin und her, auf der Suche nach etwas, woran ich mich festhalten konnte, dann blieb ich, einer plötzlichen Eingebung folgend, an der Wohnungstür stehen und zog leise den Streichholzbriefdeckel vom Spion ab. Nun hatte ich auch ein Geheimnis.

»Mein Sohn erscheint mir in letzter Zeit häßlich.«

Die Zwiebeln brutzelten auf dem kaputten Herd.

»Je männlicher er wird, um so … unattraktiver finde ich ihn. Sein Gesicht ist zu lang. Seine Haut ist unrein, wie meine. Er hat keine Anmut. Die Mädchen in seinem Alter sind so viel lebhafter und brillanter. Da war ich am gescheitesten, mit sechzehn. Ich wußte alles, was ich jetzt weiß, aber ich glaubte mir nicht.«

Sie konnte mir alles erzählen. Es machte ihr überhaupt nichts aus. Ich schielte zu dem freigelegten Spion hinüber; er war riesengroß. Beatriz summte ein bißchen vor sich hin, und dann begann sie in sich hineinzulachen. Ich fühlte mich nervös und schwitzte. Sie würde bestimmt das Loch in der Tür bemerken, und was sollte ich dann sagen? Sie fing an, den Tisch zu decken, noch immer lachend. Worüber lachte sie, wo doch alles so ernst war? Sie blickte plötzlich auf und ertappte mich dabei, wie ich in Panik verfiel. Dann knallte die Tür.

Ich drehte mich um und erwartete Charlottes schwarze

Augen, die wissen wollten, was mit dem Spion passiert war. Doch statt dessen war es ein hochaufgeschossener Junge, ein Teenager.

»Daniel, warum knallst du die Tür zu?« sagte Beatriz; sie wußte, daß er schon im Nebenzimmer war.

Ihr Sohn war unansehnlich und dreist, voller authentischer Straßen-Coolness eigener Prägung. Seine Nikes besaßen zwar Schnürsenkel, waren aber nicht gebunden, seine Mütze trug er verkehrtherum. Er hatte Hosenträger an und trug seinen Gürtel einladend geöffnet. Sein Stil war zu neu und ungeschliffen, um in irgendeiner Zeitschrift zu erscheinen. In zwei Jahren würde es all das in Massenproduktion für die weißen Jungs zum Anziehen geben, doch im Moment war Daniel als junger Mann ein Ereignis. Er war unterkühlt. Er war frech.

»Daniel, hast du das Schloß geholt, um das ich dich gebeten habe?«

»Hab ich vergessen.«

»Okay, vergiß es nicht noch einmal.«

»Schon gut, Ma, schon gut.«

Er war von einer Energie erfüllt, die ohne weiteres in Brutalität umschlagen konnte, und er hatte die maskuline Natur seiner Mutter geerbt, das maskuline Wesen einer Frau, das zu scharf umrissen ist, um sich gut auf Söhne zu übertragen. Er roch nach Zukunft, und diese Zukunft machte mir Angst, weil ich mir nicht vorstellen konnte, jemals für sie bereit zu sein. Es gab zu viel in der Gegenwart, das ich nicht verstand. Er ging mehrmals ins Schlafzimmer hinein und kam wieder heraus und sah mir dabei ab und zu in die Augen. Mir fielen seine riesigen Füße auf, als er wieder gegangen war, zurück zu den Dingen, die wirklich wichtig waren: Fragen der Macht und der Ehre.

Beatriz war drei Herzschläge lang still und nahm dann ihr schwaches Summen wieder auf. Ich überlegte, was ich sagen könnte.

»Wohnen Sie gern in diesem Block?«

»Zu viele Junkies. Sie sind sogar stoned, wenn sie Leute ausrauben. Bei uns wurde eingebrochen, aber sie ließen die Stereoanlage stehen und nahmen einen billigen Anrufbeantworter mit. Zu stoned, um richtig zu klauen. Können Sie sich das vorstellen? Kurze Zeit darauf sterben sie. Haben wahrscheinlich nur zehn Dollar dafür bekommen. Junkies verkaufen alles für zehn Dollar.«

Beatriz zeigte auf ein staubiges Viereck auf dem Beistelltisch, wo einmal etwas gestanden hatte, etwas, das nun seelenruhig, aber zu wenig benutzt in meinem Wohnzimmer stand. Punkette hatte also Kleingeld gebraucht, und sie brauchte es sofort – oder wollte es einfach nur haben, das war ihr eher zuzutrauen.

Wir setzten uns zusammen an den Tisch. Beatriz goß Wasser aus einem Tonkrug ein und bot mir leckeres Brot an. Sie brach ihr Stück durch und legte es neben ihren Teller.

»Die Gegend hier ist ein Gefängnis zwischen K und D, Koks und Dope. Die Leute bleiben jung im Gefängnis, wußten Sie das?«

»Nein.«

»Ich erinnere mich, daß es in meinem Heimatland einen berühmten Verbrecher gab, der mit zwanzig verurteilt wurde, und als er rauskam, war er sechzig. Die Leute auf der Straße schnappten nach Luft, als sie sein Foto in der Zeitung sahen, denn er war jung geblieben, während sie alle alt geworden waren.«

Dann packte sie mein Handgelenk und zog meinen Ärmel hoch. Ihr Griff war wie Eisen. Obwohl sie nur halb so groß war wie ich, war sie voller Entschlossenheit und Herrin der Lage.

»Nein, Beatriz, ich habe keine Einstichspuren.«

»Gut. Ich hasse Junkies. Sie sind Lügner.«

»Na ja«, sagte ich und spürte immer noch ihre Fingerabdrücke auf meinem Handgelenk. »Zur Zeit ist sowieso Crack der Renner. Keine Nadeln, keine Einstiche, kein AIDS.«

Sie ging zum Spiegel und begann, ihr Haar zu kämmen, ihre Ohrringe zu wechseln, ein anderes Tuch umzubinden. Ihre Hände und Füße waren winzig klein und ihre Pantoffeln kostbar.

»Glauben Sie nicht, ich hätte Angst vor dem Tod. Es ist die Zeitverschwendung, die mich anwidert. In Argentinien habe ich eine Frau getötet, aber das war ein politischer Mord. Ich kann das ganz offen sagen, denn ich weiß, daß es für Sie nicht greifbar ist.«

Ich aß Eier mit einer Frau, die sagte, sie habe eine andere Frau getötet, mindestens eine, weil sie es tun mußte. Das zu behaupten war fast das gleiche, wie es zu tun; sie zog es vor, als Mörderin bekannt zu sein. Ich wollte das abstoßend finden, stellte aber statt dessen fest, daß ich eine widersinnige Bewunderung empfand. Beatriz spitzte ihren Mund in Erwartung des Lippenstifts.

»Nun ist eine Frau tot, die am Ende sowieso ermordet worden wäre, und ich habe überlebt, um dieses Leben zu führen.«

Ich blickte zurück zu dem offenliegenden Spion.

»Ihr in Amerika habt diese Entscheidung nicht zu treffen, aber alle anderen auf der Welt müssen wählen, ob sie Liebe oder Geschichte machen wollen. Ihr Amerikaner beeinflußt die Welt schon beim Frühstück, weil so viele Menschen so hart arbeiten, damit ihr es genauso haben könnt, wie ihr es mögt. Was den Rest von uns angeht, so müssen wir kämpfen, um irgend etwas zu bewirken, oder einfach unser Privatleben mit seinen Hoffnungen und Sorgen leben. Wenn ich Macht in der Welt erlangen will, muß die Welt Priorität genießen und keine persönlichen Gewohnheiten wie die Liebe. Genau dann, wenn ich mir darüber klargeworden bin, welche der beiden Richtungen mir besonders wichtig ist, bietet sich mir die andere dar. Aber Theater, das läßt sich aus Liebe oder für die Geschichte machen.«

»Und jetzt machen Sie es aus Liebe?«

Sie lächelte ein müdes Lächeln. Es zeigte die Anfänge eines

faltigen Gesichts, das mit dem Alter immer edler werden würde.

»Ich mache Theater mit Charlotte. Manchmal frühmorgens lächelt sie im Schlaf und durchlebt in ihren Träumen wilde Geschichten. Ich streiche ihr das Haar zurück und sage: 'Böse, Dornröschen, böse.' Denn in jedem Märchen ist sie der bösartige Kobold, und bei so einer Frau gibt es einfach keine andere Möglichkeit, als mitzuspielen. Das sind die Momente, in denen ich so deutlich sehe, was wir zusammen bewirken können. Und Sie? Aus was für einer Familie stammen Sie? Was macht Ihr Vater?«

»Er ist Drogenfahnder in der Dominikanischen Republik, bei der CIA.«

»Oh, ein Intellektueller.«

Und wir brachen beide in Gelächter aus.

Inzwischen tranken wir Kaffee, und ich konnte durch den Spion direkt auf den Gang hinaussehen. Er veränderte die ganze Wohnung. Er starrte mich an, wie Beatriz mich anstarrte. Ich mußte noch eine Frage stellen, schnell, damit sie mich nicht so eindringlich ansah.

»Wie haben Sie und Charlotte sich kennengelernt?«

Sie war zum ersten Mal an diesem Nachmittag wirklich ernst, als sei unser ganzes Gerede über Mord und Politik nur leeres Geplänkel gewesen, Charlotte dagegen ein ernstzunehmendes Thema. Beatriz' Augen waren wie die Brustwarzen von Cocos Geliebter. Dunkel und scharf wie Schwerter.

»Auf der Bühne natürlich. Ich fühle mich normalerweise nicht zu Schauspielerinnen hingezogen. Eigentlich sind sie die Menschen am Theater, die ich am wenigsten mag. Ich könnte niemals Worte sagen, an die ich nicht glaube, nicht für Geld oder Anerkennung, und ganz bestimmt nicht nach dem Prinzip, unter allen Umständen überzeugend zu sein. Nehmen Sie sich in acht, wenn eine Schauspielerin Ihnen gegenüber erklärt: 'Ich meine, was ich sage.' Das ist die größte aller Lügen. Das erste, was ich von Charlotte sah, war ihre Art, ein Skript vor ihren Mund zu halten, so daß nur ihre Augen zu sehen waren, die lachten.«

Sie veranschaulichte ihre Geschichte am Küchentisch mit einer Serviette.

»Obwohl er verborgen war, konnte ich mir ihren Mund vorstellen, und wie schalkhaft er war.«

Beatriz goß mir noch Kaffee in meine Tasse, und ich merkte, daß ich zu taumeln begann. Vielleicht gab es irgendwo eine Flasche. Wenn ich weiterhin Kaffee trank, würde er mir schließlich den Rest geben. Ich hoffte, das würde bald sein.

»Beim Theater gibt es innerhalb eines Augenblicks viele Augenblicke, deshalb ist das Spielen ohne die Präzision des Gefühls nichts wert. Es ist ein fader Brei. Charlotte und ich arbeiteten zum ersten Mal zusammen, und wir entfalteten eine Nuancierung, die sich in Sekundenschnelle verständlich machen mußte. Ich sage Ihnen, sie brachte mich zum Weinen. Sie nahm Tränen mit den Fingern von ihrem eigenen Gesicht und malte sie langsam auf meins, bis sie mir die Wangen hinunterliefen und auf meine Zunge tropften. Ich weiß, daß sie egoistisch ist, aber sie kann sogar einen Zauberer zum Narren halten. Sie verliebte sich aber zuerst in mich, und ich werde Ihnen sagen, warum. Es liegt daran, daß ich nicht schön bin.«

Und ob du das bist, dachte ich.

»Schöne Frauen nehmen sich nie schöne Frauen als Geliebte. Sie mögen wenig einprägsame Gesichter und spleenige Eindrücke. Das ist so, weil sie um ihretwillen geliebt werden wollen, aber nach Anbetung verlangen. Und sie wollen auf keinen Fall Konkurrenz. Schon gar nicht aus dem eigenen Bett. Doch sie entfesselt mich. In unserer ersten gemeinsamen Nacht hatten wir den ganzen Abend geredet und waren durch die sommerlichen Straßen geschlendert, mit Sirenen und Hydranten, aus denen das Wasser strömte. Zwei ältere Frauen schrien sich auf Spanisch an; ihre fetten Arme steckten in billigen Hauskleidern. Als die Zeit kam, um miteinander zu schlafen, setzte ich mich auf mein Bett und sagte: 'Komm her', und Charlotte kam sofort auf mich zu, voller Begehren und Einverständnis. Sie ging diese Schritte durch einen dunklen Raum. Sie sah mich nicht an, aber da war ihr Wille und ihr Verlangen, und ihr Körper näherte sich ohne Affektiertheit. Es war eine rauhe Ehrlichkeit, die mir damals zeigte, wie verlogen der Rest meines Lebens war.«

13

Ich ging von Beatriz' Haus geradewegs ins »The Blue and The Gold« und begann an einem kleinen Tisch hinter der Jukebox zu trinken. Wenn du anfängst, über die Trinkerei nachzudenken, und dir überlegst, daß du wohl besser damit aufhören solltest, sendet jede dunkle Straße ihr ganz persönliches Lichtbündel aus, das dich direkt in eine Bar führt. Sie gibt dir etwas zu tun, einen Ort, an dem du der Uhr zusehen kannst, und wenn du betrunken genug bist, um zu schlafen, kannst du nach Hause gehen. Hält du dich dagegen von Bars fern, weißt du nicht, wo du hingehen sollst, außer nach Hause, und dann weißt du nicht, wo du von dort aus hingehen sollst.

Im Fernsehen liefen gerade die Nachrichten, aber sie bombardierten Libyen, und damit konnte ich nicht umgehen. Dann schaltete jemand um auf Baseball, was mich überhaupt nicht interessiert. Ich mußte in einem Krug mit abgestandenem Bier und einer Tüte Dipsy Doodles etwas zum Nachdenken finden. Wenn du damit einen ganzen Abend füllen willst, ist so ein Bier recht schnell getrunken, und dann kannst du nichts anderes tun, als dir noch eins zu bestellen. Ich dachte gerade darüber nach, wie ich Delores das Gesicht mit einem Hammer zerschmettern würde, blickte auf, und da war sie. Sie saß an der Bar, die Beine übereinandergeschlagen, und trank einen White Russian. Sie hatte ihr Haar knallorange gefärbt und ließ ihren Fuß auf- und abwippen, in Sunshines Kleidern, die teuer und zu groß für sie waren. Um den Kopf trug Delores ein weißes Stirnband, das ihre Haut fahl und ihre Falten tiefer wirken ließ. Sie sah nicht schick aus. Sie sah albern aus wie Madame Mim.

Ich wollte wegrennen, aber wohin? Oder geradewegs zu ihr hinrennen und ihr ins Ohr schreien, oder Priscillas Revolver zücken, der zu Hause in meiner Schublade lag. Ich wollte sie anspucken und ihr das Genick brechen und sie anflehen, zu mir zurückzukommen.

Delores war so nahe, daß ich hören konnte, wie sie schluckte. Von dem gurgelnden Geräusch in ihrer Kehle wurde mir übel. Wenn ich dem Regen so gelauscht hätte, wie ich Delores' Spucke lauschte, wäre ich da in der Bar ertrunken. Sie war die Frau, mit der ich gelebt und geliebt hatte, und gleichzeitig ein monströses orangefarbenes Ding.

An dem Tag, als sie ging, saß ich tieftraurig in der Wohnung. Ich wußte gar nicht, daß es möglich ist, so traurig zu sein. Sie schrie mich an, und ich saß einfach nur da.

»Ich verlasse dich wegen einer Frau, die mich heiraten wird. Du hast deine Chance gehabt, und jetzt wirst du einfach nicht damit fertig.«

»Ich kann nichts dafür, daß ich nicht damit fertigwerde«, sagte ich.

Was liebte ich an Delores? Es war nichts Konkretes, was sie tat oder sagte, es war, was ich empfand, wenn ich sie sah. Sie war immer so glücklich, wenn ich nach Hause kam, und ging gern mit mir durch die Straßen. Dann hakte sie sich bei mir unter und sagte: »Oh, ist das gemütlich.« Mehr als alles andere war es ein Gefühl von Wohlbefinden. Die Probleme fingen an, als sie davon redete, es sei »für immer«. Ich hatte die Vorstellung, daß wir so lange zusammenbleiben würden, wie es funktionierte, und dann würde etwas anderes passieren. Du weißt nie, in welche Richtung sich eine Beziehung entwickeln wird, also mußt du kreativ sein. Ich könnte niemals »für immer« sagen, wenn ich mir nicht absolut sicher wäre, daß es stimmt. Doch ich glaubte, Delores sei meine Freundin, und mochten wir auch noch so viele Veränderungen durchlaufen, wir würden es gemeinsam tun. Ich hatte dieses Bild in meinem Kopf, daß wir auf jeder neuen Stufe über alles miteinander reden und dies und das ausprobieren würden, immer rücksichtsvoll und in engem Kontakt zueinander. Ich wollte mir nichts anderes ausmalen. Aber sobald Sunshine auftauchte, war Delores auf und davon. Sunshine sagte »für immer«, also war sie an mir nicht mehr interessiert. Es war nicht etwa so, daß wir nicht mehr miteinander auskamen oder nicht mehr miteinander schliefen – alles war intakt, bis auf die Zukunft. Mann, da staunte ich aber. Ich war so daran gewöhnt, daß Delores meine Freundin war, und sie veränderte sich so schnell, daß ich ihr erlaubte, mich zu tief zu verletzen, denn ich war noch nicht so weit, sie wie eine Fremde zu behandeln.

»Delores, sei doch mal so nett und rede einen Moment mit mir, damit wir eine Lösung finden können.«

»Du hast deine Chance gehabt«, sagte sie.

Also, meiner Meinung nach spielte Delores kein faires Spiel. Wenn du eine Geliebte fallenläßt, solltest du dabei doch ein bißchen Rücksicht auf die Frau nehmen, mit der du bis zu dieser letzten Nacht so viele Nächte lang im Dunkeln geflüstert hast. Nicht so Delores. Sie nahm sich, was sie brauchte, und suchte das Weite. Sie war nicht sentimental. Sie war abgebrüht. Manchmal hatte ich das Gefühl, daß Delores nicht auf sich selbst aufpassen konnte und deshalb andere Leute finden mußte, die das für sie übernahmen. Wenn sie es nicht gut genug machten, jagte sie sie zum Teufel. Delores war schließlich kein Küken mehr, und du hast es irgendwann satt, wenn dich eine dauernd bedrängt. Solche Leute geraten oft an dubiose Gestalten, und manchmal werden sie selbst zu dubiosen Gestalten. Der Typ, mit dem sie vor mir zusammen war, brach ihr die Nase. Der davor klaute ihr Geld. Beides Männer. In manchen Nächten hörte ich Delores zu, die mir von der Brutalität in ihrem Leben erzählte, und insgeheim hatte ich Angst, aber ich wußte nicht, wovor. Dann, eines Tages, hörte ich nicht nur davon, sondern erlebte es am eigenen Leib. Es war nicht mehr einfach nur eine von Delores' Geschichten. Es wurde zu unserem gemeinsamen Leben.

Ich erinnere mich, wie wir einmal spätabends die Straße entlanggingen, beide in Anzugjacketts, mädchenhaft aufgepeppt. Wir waren beide hübsch. Ich sah sie an und sagte:

»Weißt du, ich glaube, du bist meine beste Freundin, Delores.«

Und auf ihrem Gesicht erschien ein Ausdruck reinen Glücks, wie du ihn nur selten bei anderen Menschen hervorrufen kannst.

»Das hat noch nie jemand zu mir gesagt«, erklärte sie. »Das ist es, was ich schon immer gewollt habe, eine Gefährtin.«

Ich erinnere mich, wie ich sie ansah, gegen das unheimliche, grelle Scheinwerferlicht, und ich wußte, daß ich diejenige war, die Delores am meisten bedeutete. Jetzt bin ich die, von der sie sich am meisten wünscht, sie zu zerstören. Das kann nur bedeuten, daß ich sie in- und auswendig kenne. Deshalb kann ich nicht loslassen. Etwas Organisches hält sie fest, hier an meiner Seite. Immer wenn ich mich bewege, folgt sie mir, denn Delores hat alles ungeklärt gelassen, und das war ein schmutziger Trick.

Einmal, etwa zwei Wochen nachdem sie gegangen war, sah ich sie auf dem Bahnsteig gegenüber in der U-Bahn in einer Menschenmenge, und sie sah hübsch aus, aber jetzt, als ich sie in dieser Bar allein und ganz aus der Nähe betrachtete, sah sie schrecklich aus. Ich habe dieses Gesicht so viele verschiedene

Dinge ausdrücken sehen. Es macht mir Angst, sie jetzt zu sehen, weil mir jeder Ausdruck vertraut ist und Erinnerungen weckt, die ich, ob gut oder schlecht, nicht unbedingt wachrufen möchte, wenn wir uns treffen. Ich würde lieber einfach nur dasein. Diese Delores. Ich weiß nicht, was uns fehlte, Großzügigkeit oder Notwendigkeit, aber an dem letzten Tag, Junge, da machte sie wirklich einen Riesenaufstand. Sie schrie mich an, sprang herum in einem Feuerwerk des Hasses, versuchte alles zu zerstören, und ich schaltete einfach ab. Ich wußte tief drinnen, daß keine meiner Reaktionen irgend etwas geändert hätte.

Deshalb war mir klar, als sie im »The Blue and The Gold« zu mir herüberkam und sich an meinen Tisch stellte, daß sie mich ins Chaos stürzen würde.

»Das ist mein Hemd«, sagte sie.

»Hi, Delores.«

»Das ist mein Hemd, und ich will es zurück.«

Sie hatte ihren White Russian mit seinem kleinen Rührstäbchen in der Hand. Ich stand nicht auf, aber ich konnte ihren Gesichtsausdruck deutlich sehen. Er war leer.

»Hey Delores, wo ist denn deine Yuppie-Freundin?«

»Sie ist kein Yuppie, sie ist eine Lesbe.«

»Okay, eine Popperin und ein bißchen andersherum.«

Wenn ich geradeaus geblickt hätte, wäre mein Gesicht zwischen ihren Brüsten gelandet. Sie trug ihren schwarzen BH. Ich wußte es genau.

»Wenn du mir nicht sofort das Hemd gibst, reiße ich es dir vom Leib.«

Ich überlegte, daß sie es nicht mehr würde tragen können, wenn sie es zerriß, aber laut sagte ich: »Hör mal, Delores, ruf mich doch nachher an, und wir reden drüber. Laß uns nachher drüber reden.«

Einer der tieferen Gründe, warum ich sagte »Laß uns drüber reden«, lag darin, daß mich Delores seit dem Tag, an dem sie gegangen war, noch nie angerufen hatte, weder um mir ihre neue Telefonnummer zu geben, noch um die Telefonrechnung zu bezahlen, nichts.

Ich stand auf, um auf die Toilette zu gehen, und sie packte mich am Hemd, ließ aber wieder los, bevor es zerriß. Als ich zurückkam, stand sie immer noch da.

»Wenn du's nicht sofort hergibst, mache ich so eine Szene, daß sie dich nie mehr hier reinlassen.«

Da bekam ich Angst. Es war nicht so sehr der Gedanke, die Bar zu verlieren, sondern die Situation als solche; die Tatsache, daß Delores zornig darüber war, daß ich lebte, und mich auslöschen wollte.

Sie schrie so laut, daß alles in der Bar verstummte, bis auf das ständig wiederholte Geklimper der Videospiele.

»Gib's jetzt sofort her, sonst mache ich eine Szene.«

Was konnte ich tun? Ich senkte den Blick auf meinen Tisch im »The Blue and The Gold« und öffnete langsam alle Knöpfe. Ich reichte ihr das erschlaffte grüne Hemd und saß da in meinem BH. Nicht etwa, daß sie jetzt wenigstens gegangen wäre, nein, sie nahm es mit zu ihrem Platz und nippte an ihrem Drink. Es dauerte eine Weile, bis Sal, der Barkeeper, herüberkam und mir sagte, ich solle meine Jacke anziehen. Da zerplatzte mein Kopf. Es waren keine Kopfschmerzen. Es war mein Schädel. Er zerbröckelte von innen, und nichts hielt mehr mein Gehirn zusammen. Ich konnte nicht einmal weinen. Nichts konnte ich tun.

14

Die ganze Nacht lag ich wach in einem Traum, den ich selbst inszeniert hatte und in dem Delores ein teuflisches Phantom spielte, denn keine Sterbliche hätte den Zeitpunkt so exakt abpassen können. Ich träumte, daß ich ein weißes Korsett trug, und es begann sich mit Blut zu füllen. So sehr ich auch meine Muskeln anspannte, konnte ich doch nicht verhindern, daß Blut aus mir heraussickerte. Schließlich war das Ding durchgeweicht, und es tropfte rot daraus auf den Teppichboden. Es war ein vornehmes Haus mit dicken Teppichen und wuchtigen Polstersofas auf Holzbeinen. Ich sah Delores kommen und versuchte, das Korsett unter dem Stuhl zu verstecken, aber so oft ich es auch mit dem Fuß darunterschob, es schaute immer wieder hinter dem Polster hervor.

Ich schwitzte innerlich, als die Sonne mich weckte. Rinnsale einer salzigen Flüssigkeit strömten und tropften unter meiner Haut.

»Das wird dir noch leid tun«, sagte ich in Gedanken zu ihr,

zuckend wie die Urversion eines experimentellen Films. »Ich sollte dich einfach umbringen, jetzt sofort.«

Wo zum Teufel steckte Delores? Ich rief bei ihrer früheren Arbeitsstelle an, aber die Empfangssekretärin sagte, sie habe dort aufgehört. Dann suchte ich mir Sunshines Nummer aus dem Telefonbuch heraus, aber ich kriegte den Scheißanrufbeantworter dran. Bestimmt hockte Delores vor dem Farbfernseher und hörte ihre Anrufe ab, diese Schlampe.

»Schlampe«, schrie ich nach dem Piepton.

Es war mal wieder so ein Tag – draußen kalt, aber in jeder Jacke zu warm. Ich ging durch die Straßen, und mir wurde bewußt, daß sich Delores die ganze Zeit über und nach vielen Zwischenfällen noch immer nicht im geringsten darum kümmerte, in welchem Zustand sich mein Gefühlsleben befand. Es war an der Zeit, damit Schluß zu machen und sie wissen zu lassen, was ich wirklich empfand. Eigentlich nur aus einer Laune heraus kaufte ich eine Ansichtskarte von der Freiheitsstatue und kritzelte wütend auf die Rückseite

> Ich hasse Dich, Delores. Ich gehe die Straße entlang und träume davon, Dir das Gesicht mit einem Hammer einzuschlagen, aber als Dein Gesicht direkt vor mir war, hatte ich keinen Hammer. Was hast Du bloß getan, daß eine Frau, die Dich mal geliebt hat und der etwas an Dir lag, so etwas fühlen kann?

und schickte sie ab.

Bis zum Ende der Woche hatte sich mein Wohnzimmer mit dreißig Andachtskerzen gefüllt. Sie standen alle am vierten Tag ihrer siebentägigen Brenndauer. So umgab mich, wenn ich auf der Couch lag, ein warmer Schein; manchmal kam es mir vor wie ein Begräbnis, bei dem ich aufgebahrt im offenen Sarg lag.

Die Wände wirkten von innen wie ein Geistertanz und von der Straße aus wie ein kreisender Disco-Himmel. Wenn ich mich zum Schlafen auf die Couch warf und dabei überall um mich herum Feuer brannte, war es friedlicher. Ich hatte etwas zum Anschauen, statt nichts anzuschauen, und es bewegte sich etwas neben mir, statt daß sich niemand bewegte. Ich befand mich in einem furchtbaren Zustand, als das Telefon klingelte.

»Delores?«

»Nein. Hier ist Charlotte.«

Ich gab keinen Laut von mir.

»Beatriz und ich haben gerade einen Riesenkrach wegen Marianne, und ich muß mit jemandem zusammensein, die sie gern gehabt hat. Macht's dir was aus, wenn ich vorbeikomme?«

Ich sah mich in der Wohnung um. Sie war das reinste Mausoleum. Und was noch schlimmer war, auf dem Fußboden stand Charlottes Anrufbeantworter, gleich neben Priscillas Revolver. Ich war an diesem Morgen zu der Überzeugung gelangt, daß die beiden ganz gut zueinander paßten.

»Ich treff dich unten auf der Straße«, sagte ich.

Seit ich jede Nacht in meinen Kleidern schlief, brauchte ich mich nicht erst anzuziehen. Ich ging nur mit großen Schritten im Zimmer auf und ab, voll freudiger Erregung. Ich wollte Charlotte bei mir zu Hause haben. Die Aussicht, daß sie zu mir kommen würde, machte das Leben irgendwie leichter. Ich wollte ihr zusehen, wie sie auf meiner Couch die Beine übereinanderschlug und in meinen Habseligkeiten kramte mit ihren großen Händen, hart und knochig wie der Wilde Westen unter einem weiten Himmel. Ich wollte zuschauen, wie sie ganz vertieft dasaß, über etwas nachdachte und zu einem wichtigen Schluß kam. Also warf ich ein Bündel Handtücher über den Anrufbeantworter und legte den Revolver in den Kühlschrank, nur für alle Fälle.

Ich wartete so angestrengt, daß ich beinahe zu atmen vergaß und so in eine Welt abwegiger Gedanken entführt wurde. Als es klingelte, befand ich mich in einem Traum, in dem ich mich in ein rüschenbesetztes, trällerndes Etwas verwandelt hatte, wie eine Südstaaten-Schönheit, die ihren Herrenbesuch erwartet. Ich schritt in meiner Phantasie eine Treppe herab und fühlte mich wie Scarlett O'Hara auf Tara, obwohl ich wahrscheinlich eher wie Norma Desmond aussah. Oder vielleicht war ich auch eins dieser blonden Wesen, eine Debütantin beim Kotillion, die Brandy Alexander trinkt und mit ihrem grünen Lidschatten ungewollt Aufsehen erregt. Der Drink hinterließ einen schaumigen braunen Schnurrbart, der meine Garderobe in verschiedenen unnatürlichen Farben wie beige oder puderblau unterstrich.

»Charlotte!«

Sie stand mürrisch unter der Straßenlaterne; ihre weiße Haut leuchtete in der Nacht. Meine Heldin.

»Wann hast du dich das letzte Mal umgezogen?« sagte sie. »Du siehst fürchterlich aus.«

Da sah ich, daß ich schmutzig und verknittert war. Oh nein, überall Fettflecken aus dem Restaurant, eine ausgebeulte Hose und, zu allem Überfluß, hellgrüne Socken zu einem pinkfarbenen Hemd. Wie konnte ich bloß in einem solchen Moment hellgrüne Socken tragen, wo sich doch Charlotte gleich in mich verlieben würde?

»Komm, laß uns spazierengehen.«

Sie ging mit schnellem Schritt los und sprang mit ihren stämmigen Beinen über den zerborstenen Gehsteig. Sie redete, aber ich konnte ihre Worte nicht hören. Ich war in meinem privaten Film, und Charlotte war der Star. In dieser Szene ging sie mit gebeugtem Rücken, hastig und unzufrieden, wie der Ire, der sie eigentlich war, mit Kappe und hängenden Schultern, mürrisch beim Abendessen. Das nörglerische Wesen war jedoch nur gespielt, denn sie stellte keine großen Ansprüche. Sie konnte jeden Abend stillvergnügt fernsehen und ruhig in einer Ecke ihr Bier trinken, während die anderen Männer Dart spielten. Unter dem Kohlenstaub war sie eigentlich ein streitbarer Ritter, ein Widerstandskämpfer, ein König.

»Wir streiten uns schon die ganze Woche. Es geht um Geheimnisse. Ich kann ihr nichts von Marianne erzählen, weil sie es nicht verstehen würde. Wenn sie wüßte, daß ich eine andere Geliebte hatte, würde es ihr weh tun, und trotzdem liegt es mir natürlich die ganze Zeit auf der Seele. Du darfst ihr also kein Sterbenswort von all dem sagen.«

Sie fuhr mit ihrem Daumen über ihrem Mund hin und her, genau wie Jean-Paul Belmondo in *Breathless*.

»Siehst du, Beatriz weiß instinktiv, daß etwas nicht stimmt. Aber sie kann nicht genau sagen, was es ist. Ich meine, wenn der Haussegen aus rätselhaften Gründen schief hängt, dann kommst du ja nicht unbedingt gleich darauf, daß deine Partnerin eine sechzehnjährige Geliebte hatte, die gerade umgebracht worden ist. Sie weiß nichts mit Gewißheit, und ich möchte, daß es so bleibt.«

Sie packte mein Handgelenk und drehte es um, bis sich mein ganzer Arm mit verdrehte.

»Verstehst du?«

»Charlotte, wovon redest du?«

Ich liebte das schmerzhafte Gefühl, das sich in meinem Arm ausbreitete. Doch sobald sie den genießerischen Ausdruck auf meinem Gesicht sah, ließ sie los und war wieder nett zu mir.

»Beatriz ist Lateinamerikanerin. Die haben ein anderes Verständnis von Stolz als du oder ich.«

Sie log. Aber sie log so gut, daß es dich gefangennahm. Sie trug die Miene, mit der dir manche Leute zu verstehen geben, daß sie sehr wohl wissen, daß sie Unsinn reden, aber es ist wichtig für sie, daß du mitspielst, also tust du es. Damit bist du auch selbst an der Lüge beteiligt.

»Sie würde mich auf der Stelle verlassen, wenn sie wüßte, daß ich sie betrogen habe. Deshalb hoffe ich, daß du diskret damit umgehst, was du weißt, falls du jemals ein mehr als flüchtiges Gespräch mit meiner Geliebten führen solltest.«

Ich besaß irgendeine Information, von der Charlotte nicht wollte, daß ich sie preisgab. Aber ich wußte nicht, was es war. Eins war jedoch klar; ich war einem von Charlottes Geheimnissen dicht auf der Spur, und deshalb mußte sie mich in ihrem Leben behalten. Je länger ich an dieser Information festhielt, desto näher würden wir einander sein.

»Verstehst du?«

»Ja, Charlotte. Ich verstehe vollkommen.«

Vor langer Zeit schon habe ich gelernt, daß Leben bedeutet, bestimmte Spielregeln einzuhalten. Alle wissen, daß die genaue Auswahl der Spielregeln willkürlich erfolgt, doch wir einigen uns auf sie, um etwas zu haben, woran wir uns orientieren können. Eine der Spielregeln besagt, daß gewisse grundlegende Dinge – Gefühle, andere Menschen und Verpflichtungen – real sind. Wenn sie dir entgleiten, stürzen die Mauern ein, und es bleibt nichts als Ärger darüber, worauf du die ganze Zeit verzichtet hast, nur um mitzuspielen. Charlotte war von allem, was ich kannte, das einzige, woran ich noch glauben wollte, denn sie hatte Macht, genug Macht, um zu lieben und geliebt zu werden und trotzdem alles unter Kontrolle zu behalten. Also liebte ich sie auch und ließ ihr ihren Willen, auch wenn ich wußte, daß sie log.

»Was hast du an Punkette am meisten gemocht? An Marianne, meine ich?«

»Mach dir nichts vor. Ich hab das aus reiner Eitelkeit getan.«

»Aber Charlotte, es muß doch etwas an ihr persönlich gegeben haben, das dich dazu brachte, sie auszuwählen. Ich weiß, daß sie auf wirklich rührende Weise sexy und niedlich war, ohne viel Leidenschaft. War es das?«

Charlotte lachte, ungeduldig darüber, etwas erklären zu müssen, das doch schon sonnenklar war.

»Was ich in ihr gesehen habe? Das Fehlen von Schmerz. Das kannst du auf der Haut eines Menschen schmecken. Ich mag Hoffnung unter meinen Fingernägeln. Du kannst sie den ganzen Tag lang riechen, wie die Innenseite einer Grapefruitschale. Sie ist frisch, und du denkst, sie kann ewig weiterbestehen.«

Ich zwängte meine Hände in meine Taschen. »Aber sie hält nicht ewig«, sagte ich.

»Klar, aber wer schaut denn schon eine junge Frau an und denkt an Mord? Ich nicht. Auch wenn sie ein Junkie war. Ein junger Junkie.«

Ich brauchte diesen Gedanken nur für einen Augenblick in Erwägung zu ziehen. »Nein, das glaube ich nicht. Punkette hat nicht gefixt.«

Wenn ich über etwas Bescheid wußte, dann über Junkies. Sie sind überall um dich herum, und du gewöhnst dich an sie. Sie kratzen sich die Arme auf. Sie haben nervöse Zuckungen. Sie lassen das Wasser laufen und das Feuer brennen. Es liegt etwas sehr Stupides in ihrer Art, sich dauernd umzuschauen. Nein, in Punkettes Augen war kein Stoff zu sehen gewesen.

»Glaub mir, ich hab mich auch täuschen lassen«, sagte Charlotte. »Aber sie fing an, Sachen aus meiner Wohnung zu klauen und sie zu verkaufen. Sie hat den Fernseher gestohlen, den Anrufbeantworter...«

Und dann tat Charlotte etwas sehr Merkwürdiges. Sie nahm meinen Kopf in beide Hände, als wollte sie mich auf die Stirn küssen, doch statt dessen ließ sie ihre Handfläche über meine Augen gleiten und hielt sie fest zu. Ihre Hand bedeckte mein halbes Gesicht. Dann sprach sie mit hoher Schwuchtelstimme mit mir.

»Kannst du was sehen?«

»Natürlich nicht, Charlotte, du hältst mir ja die Augen zu.«

Es war eine Minute lang still, während ich abwartete, ohne mich zu wehren, bis sie anfing, herzhaft zu lachen, und ihre langen Arme fallen ließ, wobei der eine in vollem Bogen herumschwang.

»Das haben meine Brüder immer mit mir gemacht«, sagte sie, wieder normal und anscheinend fröhlich, noch immer ihren Arm schwingend.

Es lag etwas so Brutales in ihrem Lächeln. Sie war eine sehr gefährliche Frau. Sie konnte mir wirklich weh tun. Und mir wurde klar, daß ich jetzt sofort ihre Finger in mir spüren wollte. Sie waren lang und grob. Um ehrlich zu sein, ich hätte am liebsten meine Arme um ihren dicken Hals gelegt und wäre direkt auf ihre Finger geklettert.

15

Ich folgte Charlotte ins Theater. Wir waren die einzigen Schatten, die unter den Straßenlaternen entlanggingen. Der ganze Block schien verlassen und schwarz.

Sie stolperte an den Stühlen vorbei und knipste ein paar Schalter auf der Beleuchtungstafel an. Nun hatte die Bühne zwei Augen, eins in Rosa und eins in Blaßblau. Sie zog mich an der Hand hinter sich her, bis jede von uns in einem Spotlight saß.

»Einen Moment«, sagte Charlotte und schaltete eine sanfte Hintergrundbeleuchtung ein, damit ich nicht mehr so allein wirkte. Es gab genug Licht für jede von uns und auch zwischen uns. Ich schaute nach oben ins Herz der Bühnenbeleuchtung und begann, echte Tränen zu weinen. Jetzt wußte ich, wie sie das machten.

»Bist du okay?« fragte Charlotte.

»Okay«, sagte ich.

»Super.«

Sie klatschte in die Hände und sprang auf. Da sah ich zum ersten Mal, wie straff ihr Hintern war. Sie sah aus wie eine gepreßte Blume, die in einem Buch liegt.

»Schnell, was jetzt kommt, ist unsere Szene zusammen. Setz dich im rechten Winkel zu mir, damit es fürs Publikum natürlich aussieht. Okay: Positionen, Licht.«

Das Licht war so kühl, wie es nur sein konnte; wie die Docks bei Nacht in einem Schwarzweißfilm. Charlotte war in eine Rolle geschlüpft und wirkte nun gefährlich und interessiert. Ich schwieg respektvoll und wartete darauf, daß sie etwas geschehen ließ.

»Was erfährst du, wenn du mich so prüfend ansiehst?«

Sie stellte diese Frage mit einem leichten britischen Akzent, als wären wir um die Jahrhundertwende zu Gast auf einer Gartenparty, bei der die emotionalen Dramen der Oberschicht in aller Ruhe und mit völlig natürlicher Neugierde ausgetragen wurden. Ich sah Charlotte vor mir, wie sie mit dem Sonnenschirm in der Hand in einem weißen Nachmittagskleid und einem großen Hut über die sanftgewellten grünen Wiesen des Landguts spazierte.

»Ich schaue dich gern an, Charlotte«, sagte ich. »Weil du schön bist und dich dauernd veränderst. Ich sehe gern den Veränderungen zu, sie machen mich glücklich.«

Ich sagte das mit meiner normalen Stimme und meinem normalen New Yorker Akzent. Es war fast wie Zauberei, als könnte ich mit einer Figur aus einem Film reden und trotzdem ich selbst bleiben. Ich konnte mich selbst spielen.

Sie wartete einen Moment, straffte ihr Kinn und bückte sich leicht, so daß ihre Kinnlade herabfiel und ihr Gesicht länger wurde. Es streckte sich, und ihre Augen leuchteten etwas schwächer.

»Herrgott«, sagte sie und beugte sich langsam in eine Einwandererfrau in Brooklyn hinein, irgendwann in den Tagen vor dem Zweiten Weltkrieg. »Herrgott, ich bin mein ganzes Leben lang schön gewesen«, sagte sie, während sie die Wäsche auswrang und sie auf die Leine zwischen ihrer eigenen Feuerleiter und der von den O'Briens von gegenüber hängte. »Ich hab's satt. Die Leute sagen mir, daß ich schön bin, wenn sie was von mir wollen oder wenn sie sonst nichts zu sagen haben.«

Sie strich sich eine strohige Haarsträhne aus ihrem verschwitzten Gesicht. »Schön.« Jetzt machte sie sich darüber lustig. »Schön wie eine Frühlingsblume.«

»Nicht wie eine Blume, Charlotte«, sagte ich. »Du bist schön wie ein Gebäude aus rotem Backstein und mit Eckpfeilern. Hunderte von Menschen waren nötig, um dich zu bauen, und jetzt bist du stabil, und alles ist in dir enthalten.«

»Hör auf«, sagte sie. Dann schrie sie es. »Hör auf.«

Sie schrie »hör auf«, wie du Menschen anbrüllst, die dich gleich verletzen werden, so daß der Schrei sich in ihr Gedächtnis eingräbt, wenn sie es tun.

»Hör auf, mich die ganze Zeit anzustarren, das langweilt mich zu Tode.«

Für einen Moment dachte ich, sie meine es ernst, und es tat mir so leid, daß ich »Scheiße« sagen wollte, aber statt dessen sagte ich »Charlotte«.

»Du willst mich anschauen?« sagte sie. »Also gut, also gut, verdammt, ich werd' dich schauen lassen. Schau her!« Und sie setzte sich neben mich und wartete.

Ich konnte sie riechen. Sie roch beinahe faulig. Ich konnte ihren Atem hören und zusehen, wie ihre Brust sich bei jedem Atemzug hob und senkte. Ich sah Dreck in ihren Ohren. Ich sah einen Nacken wie ein Berg und Hände, die gefährlich waren. Sie waren Mordwerkzeuge. Charlotte konnte mich ohne weiteres töten. Das war gar kein Problem für sie.

»Laß mich deine Beine sehen«, sagte ich, und sie hob ihren Rock. Sie waren die reinsten Schornsteine.

»Fertig?«

»Ja«, sagte ich. »Ich bin fertig.«

Daraufhin wurde sie wieder zu Charlotte und schaltete die Lichter im Saal ein.

»Bei einer Probe gibt es so einen komischen Moment«, sagte sie, »in dem eine gute Schauspielerin etwas Neues ausprobiert und sich dabei lächerlich macht. Dann erscheint sie plötzlich in jedem Augenblick durchschaubar, als wäre sie nur eine Schwindlerin, keine Künstlerin. Ich mag es total gern, wenn das mit mir passiert, weil ich dann wieder ganz von vorn anfangen muß.«

Leck mich am Arsch, Charlotte, dachte ich. *Das hier ist keine gottverdammte Probe. Das hier ist echt.* Aber ich sagte ihr nicht die Wahrheit. Ich verbarg sie in einer Bemerkung, die sowohl unsterbliche Loyalität als auch görenhafte Unverschämtheit enthalten sollte. »Beatriz weiß alles über dich und Marianne. Von mir hat sie es nicht.«

»Was hat Marianne über mich gesagt?«

Sie beobachtete mich ganz genau.

»Marianne erzählte mir, daß sie dich liebt und daß sie wirklich alles in den Griff kriegen wollte. Sie fühlte sich einsam, wenn sie nicht bei dir sein konnte. Sie erzählte mir ein paar Dinge, die du gern sagst.«

»Zum Beispiel?«

»Sie erzählte mir, du hättest gesagt, es gäbe eine Palme am Ende der Seele, und sie brennt.«

»Ja«, sagte sie leise. »Sie brennt. Und da ist ein Vogel. Sein feurig funkelndes Gefieder baumelt zu Boden.«

»Was?«

»Sein feurig funkelndes Gefieder baumelt zu Boden.«

»Kennst du Coco Flores?«

»Wen?«

»Sie hat grad neulich das gleiche zu mir gesagt.«

»Das ist ein berühmtes Gedicht von Wallace Stevens. Viele Leute kennen es. Was hat dir Marianne noch erzählt?«

»Sonst hat sie mir nichts erzählt. Charlotte, ich glaube nicht, daß ich weiß, was ich deiner Meinung nach weiß. Ich glaub's einfach nicht.«

Sie kniete, ihre Hände im Schoß gefaltet, und sah aus wie

eine Nonne mittleren Alters. Sie hatte Knie wie der Mann im Mond. Als sie vor mir kniete, waren sie so groß wie mein Gesicht. Ich konnte diese Knie eine Stunde lang lecken und trotzdem nicht alle Berge überqueren. Und so würde ich mit Charlotte schlafen: ich würde sie mit Federn herausputzen, und sie müßte meinen Hintern festhalten und mich im Zimmer herumtragen. Ich würde meine Beine fest um ihre Taille drücken und mein Gesicht in ihrem steinernen Nacken vergraben.

»Beatriz weiß von Marianne«, sagte Charlotte. »Ich will nur nicht, daß sie erfährt, daß Marianne fixte. Das ist etwas, was Beatriz nicht begreifen kann. Okay?«

»Okay.«

Ich wußte, daß Marianne nicht gefixt hatte.

»Kann ich dir vertrauen?« fragte Charlotte und wandte so schnell den Kopf, daß ihr Haar flog. »Nein, ich glaube nicht.«

»Tut mir leid, Charlotte«, sagte ich tief beschämt. »Willst du, daß ich weggehe?«

Sobald ich es gesagt hatte, fiel mir ein, daß Delores genau das zu sagen pflegte, wenn wir mal ein bißchen Knatsch hatten. Sie sagte dann: »Willst du, daß ich weggehe?«

Und ich sagte dann: »Nein, Delores. Ich liebe dich. Wir streiten uns doch nur. Das ist keine große Sache.«

Ich sagte das, weil ich in der Lage sein wollte, auf die Dauer mit Leuten auszukommen, an sie zu glauben. Aber ich war ja so dumm. Danke, Delores, daß du mir gezeigt hast, wie dumm ich gewesen bin.

»Ja, ich will, daß du weggehst«, sagte Charlotte lachend, als hätte sie mich genauso leicht bitten können zu bleiben.

16

Auf dem ganzen Heimweg bettelten mich Leute um Geld an. Manche waren jung, gesund und ohne Wohnung. Manche waren Säufer, ihre Sprache stokkend und ihre Bewegungen unkoordiniert, mit geschwollenen Lippen und grauen Gesichtern. Manche waren psychotisch und vergiftet. Ich glaubte jedes Wort, das sie sagten. Alle wollten Geld von mir. Wenn ich etwas gab, wurde ich mit Segnungen bedacht, und wenn ich mich weigerte, verfluchten sie mich. Da hörte ich auf zu geben, nur um zu sehen, wie viele Verwünschungen ich an einem einzigen Häuserblock auf mich vereinigen konnte.

Ich wollte nicht nach Hause gehen, aber ich wußte nicht, wie ich wen zum Reden finden sollte, und zu Hause konnte ich immerhin mit mir selbst reden. Manchmal versuchte ich, auf der Straße, an der Ampel, irgendwen anzusprechen, aber außer ein paar schmierigen Typen wollte niemand mit mir reden. Ich war bis zur Treppe vor meiner Haustür gekommen, als jemand ausdrücklich nach mir rief. Ich drehte mich um und sah Charlotte, die rannte, um mich einzuholen. Meine Augen öffneten sich und wurden so groß und glücklich, daß die Nacht hereinkam.

Oh Gott, sie kennt meinen Namen.

Ich war atemlos und meine Haut begann vor Freude zu brennen. Sie folgte mir nach oben und machte keine Bemerkung über all das Feuer rund um meine Couch, auf der wir beide saßen, direkt auf dem Schlafsack und dem zusammengerollten Handtuch.

»Weißt du«, sagte sie, »es ist toll, in jemanden verknallt zu sein, aber es kann frustrierend werden, wenn da nichts zu machen ist. Wenn es unmöglich ist.«

Da schämte ich mich und blickte auf den Boden, und dann war mir das peinlich, also schaute ich statt dessen die Wand an.

»Merkt es die andere denn immer?« murmelte ich.

»Sie merkt es«, sagte sie. »Sie merkt es, wenn du ihr am Tisch gegenübersitzt und sie auf den Hals küssen möchtest. Sie spürt es immer.«

»Tja, wenn das so ist«, sagte ich, »dann war noch nie jemand verknallt in mich, ich hab nämlich noch nie gespürt, daß eine Frau mich über den Tisch hinweg auf den Hals küßte, wenn sie es nicht schon im wirklichen Leben getan hat.«

Dann schaute mich Charlotte an, und ich schaute sie an. Sie ließ mich viel zu lange hinsehen. Sie ließ mich ihre stämmigen Beine mit ihren schönen blauen Flecken ansehen. Dann ließ sie mich den Wolkenkratzer ansehen, der ihr Hals war. Und ich war so dankbar, daß sie mir Zeit gelassen hatte, sie so zu bewundern.

»In meiner Schublade sind zwei Nachthemden«, sagte ich. Aber ich wirkte nicht sexy. Ich war überwältigt und schlug zu oft die Augen nieder. »Eins ist aus Seide, hellgrün. Eins ist rosa mit Rüschen. Sie sind beide für den Sommer. Ich stelle mir vor, daß verschiedene Frauen komen und bei mir im Bett schlafen und daß wir diese Nachthemden tragen, wie High-

School-Mädchen reden und den Mond draußen vor dem Fenster anschauen. Nachdem wir herumgekichert und uns gemütlich unter die Decke gekuschelt haben, streichen sie mit ihren Händen über meine nackte Haut, und wir schlafen so tief und fest, die Arme umeinander geschlungen, daß uns kein Traum stören kann.«

»Besorg's mir«, sagte sie.

»Was? Was meinst du?«

Sie sah aus wie eine Wahnsinnige. Sie war seltsam.

»Charlotte? Was tust du da? Ist das jetzt gespielt?«

»Ich werd' es dir besorgen«, sagte sie.

Ich wurde so wütend, ich wurde rasend. Charlotte wußte, daß ich nicht mit ihr schlafen konnte, ich war zu verdreht. Außerdem hatte sie eine Freundin. Ich würde nie einer anderen die Liebe wegnehmen. Was wäre denn dann der Unterschied zwischen mir und Sunshine, wenn ich das täte? Ich hätte Charlotte schlagen können. Ich haßte sie so sehr.

»Nein«, zischte ich. Meine Zähne waren so fest zusammengebissen, daß mein Gesicht das einer anderen war.

Sie gab mir eine Ohrfeige. Ich weinte. Ich wollte sie umbringen. Wo war mein Revolver? Charlotte küßte mich nicht. Sie zog mir die Hose runter. Sie preßte ihren ganzen Körper gegen mich, so daß ich mich nicht bewegen konnte, und zwängte ihre Hand in mich hinein. Ich war von einem Felsbrocken eingeklemmt, der Charlotte hieß. Ich wehrte mich nicht. Ich wollte sie. Überall waren Tränen und Rotz, und ihr Atem war tropfnaß auf meiner Brust. Ihre Finger waren riesig und quetschten den Muskel auseinander. Mein Körper war das einzige, was mir geblieben war, und jetzt zerstörte sie auch ihn noch.

Ich hörte mich wimmern, auf eine Art und Weise, die andere dazu bringt, dich zu verachten. Charlotte stieß und stieß, bis sie mich schließlich in eine fiebrige Klarheit stieß. Ich konnte alles sehen. Ich brannte. Ich konnte sehen, daß es so viel mehr Schmerz gab, als ich mir jemals vorgestellt hatte, und ich brauchte nicht danach zu suchen. Die mir besonders nahe standen, würden mir diesen Schmerz bereiten.

Charlotte schwitzte mich voll. Als sie aufstand, war die Couch naß und klebrig und roch faulig. Ich konnte mich nicht aufsetzen. Ich konnte ihre Kratzer spüren, die Abdrücke ihrer Finger, die sich in mich hineingekrallt hatten.

»Charlotte«, sagte ich. »Du bist genau das, was ich verdient hab.«

Aber sie langweilte sich schon.

17

Seit dem Zwischenfall mit Rambo hatte sich Dino mir gegenüber irgendwie feindselig benommen. Er lächelte, als würde er mich hassen. Ständig betonte er, wie gut ich doch aussähe und daß ich ihn heiraten solle. Und statt wie jeden Morgen »Lächeln!« zu sagen, fing er jetzt mit »Du siehst echt gesund aus, Momma« an.

»Laß uns heiraten«, erklärte er ungefähr dreimal am Tag.

»Ich will nicht heiraten, Dino.«

»Ach, komm schon, Mrs. Monroe.«

Er nannte mich »Mrs. Monroe«, weil sein Name Dino Monroe war.

»Ich brauche eine gute Ehefrau.«

»Viel Glück«, sagte ich dreimal am Tag. »Eine gute Ehefrau ist nämlich schwer zu finden.«

Charlotte hatte auf den Innenseiten meiner Schenkel blaue Flecken hinterlassen, und sie hatte mir die Möse zerkratzt, so daß ich beim Pinkeln jedesmal stechende Schmerzen hatte. Es war hart, den ganzen Tag im Restaurant herumzulaufen, denn die Kratzer scheuerten auf und begannen zu bluten.

»Was hast du denn da zwischen den Beinen?« fragte Dino schließlich.

Ich mußte aufhören, das Tagesgericht zu servieren, und es ihm direkt ins Gesicht sagen.

»Dino, sei höflich, Mann, ich will dich doch mögen. Sei mein Freund, okay?«

Da hielt er für eine Minute die Klappe, aber er fing gleich wieder mit seiner Leier vom Heiraten an.

Momma führte sich immer noch auf wie üblich. Da sie aber zu geizig war, um Rambo zu ersetzen, begann sie selbst an der Kasse zu arbeiten. Bloß daß sie praktisch blind war, so daß sie alle Gäste fragte, wie hoch die Rechnung war und mit was für einem Geldschein sie bezahlten. Wenn es Zeit wurde, zur Bank zu gehen, wickelte sie die Einnahmen in eine Papiertüte und steckte sie in ihr Strumpfband, bevor sie hinauswatschelte. Dann aßen wir das Corned Beef.

Eines Tages kommt doch tatsächlich Rambo höchstpersönlich ins Restaurant. Er war seltsamer als sonst, er war geradezu aufreizend ruhig. Er trug den Kragen seiner Jacke hochgeklappt und den Schirm seiner Baseballmütze heruntergezogen, rauchte ganz still Lucky Strikes und starrte dabei den Aschenbecher an. Niemand aus der Crew sagte etwas zu ihm. Ich mußte aber mit ihm reden, weil ich seine Kellnerin war.

Also sagte ich: »Kaffee?«

Und er nickte.

Das »Herbie's« ist eins von den Lokalen, die reiche Leute amüsant finden und in denen die Ärmsten der Armen immer willkommen sind. Wer einen Dollar und sechzig Cents für das einfache Frühstück zusammenkratzen kann, wird bedient. Es gehört nicht zu den Lokalen, aus denen jemand rausgeworfen wird. Selbst wenn Leute die Rechnung nicht zahlen können, lassen wir sie einfach laufen. Dafür sind drittklassige Coffee

Shops da. Also dachte niemand daran, Rambo rauszuwerfen. Er trank und rauchte einfach und dachte nach.

»Sieh dir den armen Jungen an. Er kriegt keinen Job«, flüsterte mir Joe in der Küche zu. Ich nickte. Die meisten aus der Crew fanden anderswo keinen guten Job. Deshalb arbeiteten sie alle im »Herbie's«. Joe zum Beispiel. Joe ist ein prima Koch und ein netter Kerl, aber er kommt aus Saint Kitts und er kann nicht lesen, also müssen wir so tun, als könne er es. Ich schreibe die Bestellungen gut lesbar auf die Kassenbons und hänge die Bons auf die Leine, und Joe starrt sie den ganzen Tag an und prüft ab und zu nach, ob eine Bestellung komplett ist. Aber ich flüstere die ganze Zeit: »Lendenkotelett, Kartoffelbrei und Bohnen. Hamburger gut durch, Tomate und Salat.«

Joe hätte in einem schickeren Restaurant nicht die geringste Chance. Sie würden jemanden nehmen, der lesen kann. Er hatte recht mit Rambo. Der Typ konnte wahrscheinlich nichts anderes finden und war gekommen, um darum zu bitten, wieder arbeiten zu dürfen. Joe wettete mit mir um einen Joint. Er sollte ihn auch bekommen.

Nach einer vollen Stunde stand Rambo auf und schlurfte zur Toilette. Seine Hose war hinten schmutzig und verfleckt. Mir war klar, daß er draußen auf der Straße geschlafen hatte, ziemlich am Ende war und sich selbst bestrafte.

Rambo mußte sich selbst hassen und alles aufgeben, woran er glaubte, wenn er wieder im »Herbie's« angekrochen kam und bei Momma um einen Job bettelte. Sie sah ihn über den Brillenrand hinweg scharf an.

»Du siehst aus wie ein Penner«, sagte sie zu laut. »Ich kann dich nicht wieder nehmen, wenn du wie ein Penner aussiehst.«

Das gab ihm den Rest. Ich hätte an seiner Stelle in diesem Moment das gleiche getan. Ich meine, ich mag Rambo nicht, aber jemanden abzuweisen, wenn er gerade vorhat, um etwas zu bitten, das nimmt einem Menschen die Würde, selbst zu entscheiden, ob er darum bitten will. Es war unnötig grob. Als Rambo der Kragen platzte, tat er etwas sehr Merkwürdiges. Er stierte Momma an, und dann drehte er sich um und machte einen Satz hinter die Theke. Er sprang, wie sie es in der Grundausbildung machen, und packte ein großes Küchenmesser. Er stand da, in Kampfhaltung, hielt einen Moment inne, um sich zu erinnern, wo er war, und jagte dann Dino das Messer in den Arm. Überall war Blut. Die Gäste schrien los und Rambo rannte weg und Joe stürzte zu Dino hin, während Momma die Polizei anrief. Während all das geschah, stand ich in einer Ecke des Restaurants und dachte: *Wieso Dino?*

Dann verstand ich. Es ist einfach manchmal so verdammt schwer, jemanden aufzugeben. Momma war seine Chefin, die ihm drei Jahre lang gesagt hatte, was er tun sollte. Die ganze Zeit hatte er ihr gegenüber jeden Tag höflich getan. Damit konnte er nicht einfach aufhören. Irgendwo ganz tief drinnen glaubte er immer noch, daß er sie brauchte. Deshalb ließ Rambo es an einer von uns aus. An Dino. An jemandem, der genauso war wie er.

Dann ging ich rüber zu Dino. Seine Schürze war mit Blut bedeckt, und er sah alt und zittrig aus, aber er sagte nichts. Er stöhnte oder weinte nicht mal. Er versuchte einfach, nicht schlapp zu machen, indem er an etwas anderes dachte. Der Krankenwagen kam und die Bullen kamen, und als alles weggeputzt war und sich alle beruhigt hatten, standen Joe und ich als einzige noch im Laden. Schließlich kamen wieder neue Gäste herein und sahen sich nach der Speisekarte um, ohne zu ahnen, was gerade vorgefallen war. Da schauten Joe und ich uns in die Augen, er seufzte, und wir machten uns wieder an die Arbeit – ich nahm Bestellungen entgegen und er kochte das Essen.

18

Der Frühling kann in der Stadt die beste Jahreszeit sein, weil er so viele Gefühle weckt, aber in manchen Jahren dauert er nur einen Tag. In diesem Jahr regnete es zwei Wochen lang kühl und grau, was allen Leuten genug Zeit zum Nachdenken verschaffte. Doch sobald die Sonne herauskam, wurde es heiß, und das setzte dem Nachdenken ein Ende.

Ich wachte an jenem Morgen mitten im Frühling auf, und es war viel zu früh. Die Sonne war bereits aufgegangen, aber noch nutzte es niemand aus. Obwohl ein leichter Wind ab und zu seine Hand zum Fenster hereinstreckte, war es offensichtlich nur eine Frage der Zeit, wann die Hitze unerträglich sein würde.

Es war nichts im Kühlschrank außer einem Bier und dem Revolver, der im obersten Fach vor sich hin fror. Ich nahm sie beide mit zur Couch und streckte mich aus, nackt, meine Haut ganz weich. Die einzige Empfindung, die ich an diesem schönen Morgen in mir wachrufen konnte, während ich auf meinem Bauch einen Revolver balancierte, dessen Mündung sich in mein Schamhaar kuschelte, war tiefe Traurigkeit.

Alles war in Aufruhr. Eine junge Frau war tot, ohne daß es dafür eine Erklärung gab, es sei denn, Beatriz hatte sie getötet, um ihre Ehre zu verteidigen. Aber war die Ehre denn ein hinreichender Grund, eine Sechzehnjährige umzubringen? Wenn die Antwort ja lautete, war es bestimmt ein hinreichender Grund, eine Fotografin von *Vogue* umzubringen. Charlotte und Beatriz hatten ein Geheimnis vor mir, doch ich wußte nicht zu sagen, ob ihre Antwort in der Liebe oder in der Gewalt lag. Wann immer das eine sichtbar war, regte sich das andere im Schatten. Ich konnte diese beiden Gefühle in meinem Leben nicht so perfekt in Einklang bringen, wie sie in ihrem Leben zusammenpaßten. Charlotte und Beatriz bewahren gemeinsam ihre Leidenschaft und Brutalität, ich dagegen muß allein mit meinem ganzen Zorn fertigwerden. Noch ehe die erste Stunde dieses neuen Tages vergangen war, war ich schon wieder zornig, schlug mit den Fäusten auf imaginäre Gesichter ein und hörte das Echo alter Lügen. Dann trank ich mein Bier aus.

Später an diesem Morgen war ich aufgewühlt und schwitzte und beschloß, nach draußen zu gehen. Auf der Straße bewegten sich die Menschen ganz langsam. Manche von ihnen hatten ebenfalls schon etwas getrunken, meistens warmes Bier aus großen Flaschen in braunen Papiertüten. Sie tranken Colt oder Bud, ein Dollar fünfundachtzig die Viertelgallone. Ich konnte mir Rum leisten. Ich arbeitete.

Es sind hauptsächlich Männer, die vormittags draußen im Park trinken. Sie sitzen geruhsam auf den Bänken, das Hemd aus ihrem Gürtel hängend, ihre Brustwarzen braun wie geröstete Kaffeebohnen, und hören einen spanischen Radiosender. Ich wollte auch zuhören, aber sie fingen an, mit mir zu reden, und ich konnte nicht hören, was sie sagten. Ich starrte sie nur an, weil sie sich so langsam bewegten wie Äste, wie die

Bilder auf einer Kinoleinwand, wenn der Projektor kaputtgeht. Es war wie im letzten Augenblick eines Traums, wenn das Telefon klingelt und du willst unbedingt weiterschlafen, weil du weißt, daß dich da draußen rein gar nichts erwartet.

Eine Stadtstreicherin, die ich kannte, suchte im Abfall nach Pfandflaschen. Sie hatte weißes Haar und tausend Runzeln. Ihr Gesicht war wie zerknitterter Samt, als ließe es sich abziehen, und sie wäre darunter wieder jung. Es ist zu furchtbar, wenn du so alt bist und im Obdachlosenheim schläfst.

»Ich will dir mal was erzählen«, sagte sie. »Ich will dir mal was erzählen.«

»In Ordnung, Ma«, sagte ich. »Was denn?«

»Es ist furchtbar«, sagte sie. »Es ist furchtbar, wenn man nirgends hin kann und sie setzen einen auf die Straße. Um eine Wohnung zu kriegen, muß man tausend Dollar haben. Wo soll ich die hernehmen?«

Sie hatte einen alten Wintermantel an. Sie hatte alle ihre Sachen an.

»Ich weiß nicht, Ma«, sagte ich und gab ihr zwei Dollar, aber sie ging nicht gleich weg.

»Es ist furchtbar«, sagte sie und fing an zu weinen, als ihr zum tausendsten Mal an diesem Tag bewußt wurde, wie furchtbar es eigentlich war.

»Ich weiß, Ma.«

Ich weinte auch. Es war so heiß. Aber es war die ganze Zeit so, als wäre sie im Fernsehen, und ich weinte nicht wegen ihr, weil es Leute wie sie überall gibt, wo du auch hinschaust. Ich weinte um mich selbst, weil ich nicht wußte, wie ich in dieser Welt leben sollte. Ich hatte keinen blassen Schimmer.

»Laß mich mitkommen und bei dir wohnen«, sagte sie. »Bei dir zu Hause.«

»Nein«, sagte ich. Ich sah ihr in die Augen und sagte nein. Ich dachte nicht einmal darüber nach, warum.

»Okay«, sagte sie. Wir weinten nicht mehr. Jetzt gingen wir wieder zur Tagesordnung über. »Okay«, sagte sie und umklammerte die Dollars, die ich ihr gegeben hatte. Sie ging zum nächsten Mülleimer, und ich kippte mir noch einen Schluck Bacardi rein.

19

Als ich aus meinem Nickerchen erwachte, hatte mir jemand die Rumflasche weggenommen und ich hatte einen Sonnenbrand auf der einen Gesichtshälfte. Ich war von Kopf bis Fuß verdreckt, und zu allem Überfluß stand Coco Flores direkt vor mir und machte sich Notizen in ihr kleines Ringbuch.

»Du gibst eine tolle Metapher ab«, sagte sie.

»Was?«

»Du siehst aus wie eine verdammte Pennerin. Steh auf. Komm schon.«

Sie griff mir nicht etwa unter die Arme, um mir aufzuhelfen, oder hielt mir wenigstens ihre Hand hin, damit ich mich hochziehen konnte. Sie stand einfach nur da und sagte mir, was ich tun sollte.

»Hör zu«, sagte Coco. »Weißt du, daß ich dich gern habe?«

»Jaja.«

Es war mir peinlich, und ich war noch immer schläfrig.

»Weißt du, warum?« fragte sie und bugsierte mich zum Trinkbrunnen.

»Warum?«

Ich hatte richtig Durst, und dann wuschen wir mich. Ich sage »wir«, weil Coco dastand und aufpaßte, daß ich mir den Hals und auch die Fußknöchel wusch, die irgendwie seit langer Zeit nicht mehr gewaschen worden waren.

»Weil du eine wirklich individuelle, verdrehte Weltsicht hast, und das hab ich auch. Wenn wir nicht zusammenhalten, werden sie eine von uns einlochen, und ich glaube nicht, daß ich die erste auf der Liste bin. Verstehst du? Also, lieg nicht so im Park herum. Jeder Verrückte könnte vorbeikommen und dir eine Flasche über den Kopf hauen oder dich anspukken.«

Ihr Haar hatte magentarote, lavendelblaue und noch andersfarbige Strähnen.

»Rauchgrau amethyst«, sagte sie und zupfte spielerisch daran herum. »Wir haben es im Geschäft gerade erst hereinbekommen. Scharf, was? Wie viele Puertorikanerinnen kannst du mir nennen, die eine Haarfarbe wie rauchgrau amethyst haben? Was? Das ist echte Lebensart.«

»Ja.«

Mir war nach Weinen zumute.

»Hör zu«, sagte Coco. »Es spielt keine Rolle, wer Delores war, warum du sie damals geliebt hast und warum du sie jetzt haßt. Delores ist ein Hirngespinst, die Tatsachen sind also belanglos. Wichtig ist, wie sehr es dir weh tut. Es tut dir so weh, daß Delores dich in ihrer Gewalt hat, egal wer oder was sie ist. Mit anderen Worten, du hast verloren, okay? So sieht die Sache aus. Schau mal, ich will dir die Wahrheit sagen. Ich hab Delores sowieso nie gemocht. Sie hat mich nicht mal gefragt, wie's mir geht, weißt du? Sie ist keine nette Frau. Na, hilft dir das, um dich besser zu fühlen?«

»Wie bringst *du* es fertig, mit allem klarzukommen, Coco?«

»Ich bin im Moment gerade damit beschäftigt, das Leben zu erfahren.«

»Was ist denn der Unterschied zwischen Leben und Erfahren?«

»Jetzt sehe ich das Leben mit dem Auge der Schriftstellerin, du Dummkopf. Sieh dich um. Es ist alles da.«

Ich ging mit Coco los, um den Park zu erkunden, und er schenkte mir so viele Erinnerungen an alle möglichen Leute. Da gab es Gewinner und Verlierer, Schwule und Lesben und Heteros und Heteras, mich und Delores. Es gab jedoch zu viele Hunde, und der ganze Park roch nach Pisse.

»Hey, schau mal.«

Coco zeigte über den verwüsteten Spielplatz neben der Gemäldegalerie, drüben bei den Häusern mit den Eigentumswohnungen, wo angeblich bald Cher einziehen sollte. Zwei weiße Frauen waren von zwei weißen Bullen in einem Polizeiwagen angehalten worden.

»Geschnappt«, sagte Coco. »Komm.«

Ich folgte ihr, immer näher heran, bis wir die ganze Prozedur praktisch genau vor unserer Nase hatten. Die Bullen sahen das Notizbuch der einen Frau durch, nahmen ihre persönlichen Gegenstände heraus und legten sie auf die Kühlerhaube des Autos.

»Laß uns näher rangehen«, sagte Coco. »Wenn sie wissen, daß jemand zusieht, werden die Bullen es nicht auf die brutale Tour versuchen. Sie hassen es, wenn jemand mitkriegt, wie sie Leute hochgehen lassen. Dann regen sie sich voll auf.«

Die Frau, die durchsucht wurde, war eindeutig ein Junkie und hatte ihr Gesicht nicht unter Kontrolle. Als der Bulle ein kleines Stück Alufolie fand, fing sie an, loszuplappern und fadenscheinige Erklärungen abzugeben, als könnte sie ihn davon abhalten, die Alufolie auseinanderzuwickeln, wenn sie nur möglichst schnell redete. Sie war außer sich vor Angst, als wäre sie schon zehnmal im Knast gewesen und könnte die Vorstellung nicht ertragen, wieder reinzukommen.

Ich und Coco starrten dem Bullen auf die Finger, als er langsam die Folie auseinanderfaltete. Einmal blickte er auf, sah uns direkt an, als wäre er tierisch nervös. So nahe waren wir. Er faltete die erste Ecke auf, und er faltete die zweite auf, und dann die dritte, und dann war die Folie offen. Aber es war kein Dope drin. Kein weißes Pulver, nichts. Er konnte es nicht glauben. Er drehte die Folie immer wieder in seiner Hand herum, aber es war nichts da. Nun fiel der Frau etwas ein. Sie fing an, unbändig zu lachen. Ihr war eingefallen, daß sie den Stoff vor einer Stunde genommen und die Einwickelfolie wieder in ihre Tasche gesteckt hatte. Der Stoff war in ihr drin, deshalb konnte ihn der Bulle nicht in seine dreckigen Pfoten kriegen und sie auch nicht. Sie lachte zudem richtig laut. Dann fingen ich und Coco an zu lachen und konnten uns gar nicht wieder beruhigen. Wir lachten alle, bis die Bullen wegfuhren.

»Komm«, sagte Coco. »Es ist Zeit für die Hard-Core-Matinee.«

Und noch immer lächelnd folgte ich ihr in den Club.

20

Ein Typ mit Iron-Maiden-Tätowierung erbrach sich in unsere Richtung, als Coco mich an all den neuen Häusern mit Eigentumswohnungen und den wenigen billigen Absteigen vorbeiführte, die an der Bowery noch übriggeblieben waren. Wir ließen das Heim für obdachlose Männer hinter uns, das Hummerrestaurant mit den singenden Kellnerinnen, die ekelhafte Kneipe »Phebe's«, und gingen durch die verrußte Toreinfahrt zum »CBGB's«, dem Punk-Palast. Die Leute da drin waren laut und überwältigend häßlich. Sie alle hatten ihr Haar so bearbeitet, daß es sich in einem fortgeschrittenen Stadium der Künstlichkeit befand, und machten es damit denen, die ihnen nahestanden, unmöglich, ihr Haar zärtlich zu berühren oder sanft daran zu riechen. Es war hochtoupiert, zu steifen Stacheln gepreßt, geschoren, langgezogen und immer gefärbt, in einer äußerst langwierigen, längst überholten Prozedur. Wußten sie denn nicht, daß Sid Vicious der Stoff war, aus dem Hollywood-Filme gemacht sind, und daß auch sie bald in ihrer Hard-

Core-Phase erstarren würden, wenn sie nicht schnellstens auf etwas Neues abfuhren?

Überall waren Kids, und die Kids machten Geschäfte oder spielten das nach, was sie sich unter der knallharten Geschäftswelt vorstellten. Geschäfte mit Bands, mit Auftritten, mit Dope und Sex. Geschäfte, die lediglich mit viel Gerede verbunden waren und nur wenig Profit abwarfen. Sie machten Geschäfte, weil es sonst nichts gab, worüber sie hätten reden können, und weil die Musik normalerweise zu laut war, um wirklich wesentliche Dinge zu besprechen.

Außerdem zu viele Jungs. Schmutzige Jungs, die gemein auszusehen versuchten und die sich darin übten, alles auf die leichte Schulter zu nehmen. Jede Menge Jungs in schwarzen Stiefeln, kein einziger von ihnen sah gut aus. Die Mädchen, die sie umklammert hielten, verschwammen im Nichts, aber die Mädchen, die miteinander hereinkamen, waren nette, pausbäckige Vierzehnjährige mit falschem Ausweis, denen ein schwarz gefärbter Haarschopf über ein Auge hing. Sie waren noch jung genug, um hinter vorgehaltener Hand zu kichern. Genau wie ich damals.

»Siehst du das Mädchen da?« sagte der schlaksige Junge, der neben seinem schmierigen Freund stand. »Die geht höllisch gut ab beim Ficken.«

Dann röhrte die Band wieder los.

Die Wände vom »CBGB's« waren mit den Überresten abgerissener Poster bedeckt. Tausende kleiner Ecken, noch immer mit Tesafilm an der Wand klebend, und dann ein paar größere Fetzen, auf denen die Nihilistics, die False Prophets und die Spineless Yesmen angekündigt wurden. Die Klimaanlage funktionierte.

Die Band dieses Nachmittags hieß Napalm. Ihre Mitglieder hatten alle den gleichen Haarschnitt, vorn ausrasiert und hinten Zotteln, die sie aussehen ließen wie Maulwürfe, die sich durch den künstlichen Rasen nach oben wühlen. Ihr anderer gemeinsamer Nenner waren lange, schmutzige Fingernägel, die keine Frau jemals in die Nähe ihres Körpers kommen lassen sollte. Bei dreien von ihnen schauten alte Unterhosen hinten aus den Jeans hervor, die sie vor Jahren in einer schicken Boutique am Saint Mark's Place gekauft hatten, als sie noch Studenten an der New Yorker Uni waren. Jetzt aber war der Hosenboden ausgeleiert, die Farben verblaßt, und ihre gesamte Garderobe war voller Flecken von Strombolis Pizzen und vom Kotzen. Telefonnummern, auf zerrissene Marlboroschachteln gekritzelt; lernen, zu rauchen und zu trinken; nicht genug Liebe; nur Rock-and-Roll-Bands ohne Persönlichkeit – das erfüllte den Raum an diesem Nachmittag. Zweimal Rum für mich, dann vergaß ich den Lärm.

Coco und ich stolperten beide betrunken hinaus, denn Coco war für Einflüsse empfänglich, und mein Einfluß war schlecht.

»Hey, Coke, macht's dir was aus, wenn ich dich Coke nenne?«

»Nur, wenn ich dich Arschloch nennen darf.«

»Schau mal, Coco, da ist Daniel, der Sohn von Beatriz.«

»Wer?«

»Der Sohn von meiner Freundin, Daniel.«

Er stand an ein Auto gelehnt und sah so cool aus, wie ein schwitzender Teenager um vier Uhr nachmittags nur aussehen kann, vertieft in ein Gespräch mit einem Weißen mit schwarz gefärbtem Haar.

»Der heißt nicht Daniel«, sagte Coco und stützte sich ein klein wenig auf meinen Arm. Es war eine Sache, im klimatisierten Raum betrunken zu sein, aber da draußen in der Sonne machte es dich erst richtig fertig.

»Das ist Juan Colon. Letztes Jahr hieß er jedenfalls Juan Colon. Dieses Jahr hat er seinen Namen in Johnny abgeändert. Er stammt aus Puerto Rico.«

»Der heißt nicht Juan Colon, wenn ich's dir doch sage.« Ich brauchte unbedingt eine Zigarette und begann, alle meine Taschen abzuklopfen und in der Menge nach Leuten Ausschau zu halten, von denen ich gut eine schnorren konnte. »Sein Name ist Daniel Piazzola. Er stammt aus Argentinien.«

»Nein, Mann.« Auch Coco suchte nach Zigaretten und zog zwei zerdrückte Virginia Slims aus der Tiefe ihrer Tasche hervor. »Ich kenne ihn. Er stammt aus Puerto Rico.«

Nun mußten wir Streichhölzer finden.

»Verzeihung, hast du Feuer?« fragte ich einen feisten Schwachkopf.

»Coco, sag was auf Spanisch zu ihm und hör dir seinen Akzent an. Dann weißt du, wo er herkommt.«

»Was? Spinnst du? Ich spreche kein Spanisch. Eins, zwei, drei Wichser. Das ist alles, was ich kann. Laß uns zu dir nach Hause gehen und ein bißchen Gras rauchen.«

Doch ich mußte mit ihm reden. Johnny Colon, was für ein Lügner. Naja, es lag eben in der Familie, das war klar. Charlotte und Beatriz schufen ein Vermächtnis von Lüge und Täuschung, verbunden mit einem gewissen ästhetischen Element, das nicht so einfach von der Hand zu weisen war. Aber je näher ich an diesen hochaufgeschossenen Jungen herankam, der an ein Auto gelehnt dastand, um so deutlicher konnte ich die Päckchen aus säuberlich geknickter Alufolie sehen, die von einem Gummiband zusammengehalten wurden. Ich sah, wie anmutig er sie in der hohlen Hand versteckte, mit der anderen das Wechselgeld herausgab und ständig um sich spähte.

»Daniel?«

»Was willst du, K oder D?«

»Kennst du mich noch? Ich habe mir deine 'Tumor'-Platte angehört. Ich war mal bei dir zu Hause.«

»Ach ja? Wozu?«

Es war jetzt wirklich heiß, das Metall der Kühlerhaube glühte, aber ich setzte mich trotzdem drauf, weil mich der Schmerz wachhielt, und heftete meine Augen auf Daniels.

»Ich hab auch Marianne gekannt«, sagte ich, und plötzlich fielen mir die Worte des widerlichen Barkeepers aus dem »Urgie's« wieder ein. 'Ihr Freund, der Latino.' »Sie sagte, daß du ab und zu auf sie gewartet hast und sogar manchmal spätabends nach New Jersey gefahren bist.«

Ich war völlig reglos, während er mit Behendigkeit und Anmut kleine Bewegungen machte, wie sie beim Baseball oder beim Sex oder beim Kellnern oder beim Drogenverkauf auf dem heißen Asphalt nützlich sind.

»Ich hab sie gern gemocht, weißt du, aber sie war noch ein kleines Kind. Sie konnte ihre Meinung nicht für sich behalten und ließ sich in die Angelegenheiten anderer Leute mit hineinziehen.«

»Jemand hat mir erzählt, sie wär' ein Junkie gewesen«, sagte ich. »Aber das hab ich nicht geglaubt.«

»Wer hat das behauptet? Quatsch. Quatsch. Marianne hat nie was genommen, außer zu besonderen Anlässen. Aber das ist bei allen so. Sogar der Präsident macht das.«

»Wozu hat sie dann so viel Geld gebraucht?«

»Sie aß gern in Restaurants. Sie kaufte sich gern neue Schuhe bei Manic Panic und ließ sich bei Hair Space die Haare machen. Sie kaufte immer das teuerste Shampoo. Sie hat sich in viel zu viele Sachen mit reinziehen lassen, weil sie noch ein Kind war und nie so recht wußte, zu wem sie nein sagen mußte. Okay? Jetzt geh zum Teufel und laß mich in Ruhe.«

Ich mußte schnell handeln, denn meine Zeit auf Daniels Parkuhr lief ab. Er fing an, ein bißchen zu viel mit den Schultern zu zucken, als wäre er so richtig knallhart, und knallharte Typen haben keine Zeit für allzu viele Fragen.

»Charlotte hat gesagt, daß sie ein Junkie war. Charlotte hat mir das gesagt. Ich dachte mir, sie müßte es wissen.«

Plötzlich veränderte sich alles. Daniel hörte auf, aus dem Mundwinkel heraus zu reden. Er hörte auf, geschickt mit der rechten Hand Geld zu wechseln. Er hörte auf, den Mann zu spielen, während er eigentlich noch ein Junge war.

»Das ist Quatsch, Mann. Man kann kein Wort von dem glauben, was diese Schlampe erzählt. Ich will dir mal was sagen. Wenn hier irgend jemand auf Drogen ist, dann ist das Charlotte. Als diese ganze Geschichte passierte, war mein erster Gedanke, Charlotte hätte Marianne high gemacht, mehr als sie vertragen konnte, und sie schließlich ins Wasser geworfen, weil sie zu stoned war, um sich zu überlegen, was sie sonst tun könnte. Diese Charlotte ist eine echte Fotze. Glaub nichts von dem, was sie dir erzählt. Okay, okay, jetzt zufrieden?«

Er sprang ruckartig vom Wagen herunter, als hätte ich ihn so gründlich aus der Fassung gebracht, daß er es nicht ertragen konnte, da zu sein, wo ich gerade gewesen war. Er ging los, ging verdrossen und langsam um die Parkuhr herum und beruhigte sich allmählich soweit, daß er seine Geschäfte wieder aufnehmen konnte. Hin und wieder zuckte er zusammen, trottete schließlich zu einem dritten Wagen hinüber, wo er seinen kleinen Hintern wieder auf die Kühlerhaube schwang und Wechselgeld herausgab.

Natürlich war es Charlotte gewesen. Wie hatte ich nur so blind sein können? Aber Charlotte würde niemals an etwas beteiligt sein, das so nachlässig und unbeabsichtigt klang wie Daniels Szenario. Mir fielen diese riesigen Hände wieder ein, die so perfekt um Punkettes Hals gepaßt hätten. Diese Hände waren so groß wie Taxis. Zuerst würden sie Punkettes Haar streicheln, wobei eine Hand ihren ganzen Schädel umschloß. Dann würden sie Punkettes kleine Brüste liebkosen, zwischen ihre Beine gleiten und in ihrer Feuchtigkeit herumpatschen. Und in diesem stillen, atemlosen Moment, gleich nachdem sie gekommen war, würde Punkette aufschauen, glühend und dankbar, und sehen, wie Charlottes Hände ebenso unbefangen ihren Hals hinaufkrochen und ihr völlig mühelos das Genick brachen. Völlig gedankenlos.

21

»Was ist los, ißt du nichts mehr?« fragte Coco, als ich eine kleine Flasche Bacardi köpfte, die ich bei mir zu Hause aufbewahrte. »Diese Wohnung ist ein einziges Chaos«, sagte sie.

Ich hatte auf dem ganzen Rückweg vom »CBGB's« kein Wort gesprochen. Ich dachte aber auch über nichts nach, außer darüber, wie ich mich möglichst schnell betrinken konnte. Ich war wirklich zu müde, um weiter darüber nachzudenken, ob Charlotte jemanden umgebracht hatte. Ich besaß nicht die Energie, um Strategien zu entwerfen, zu verhandeln oder mir etwas vorzustellen. Ich war einfach fix und fertig.

»Immer noch keine Stereoanlage?«

»Da ist das Radio.«

Sie ließ sich auf die Couch plumpsen und legte ihre schmutzigen Füße auf meinen schmutzigen Schlafsack.

»Irgendwelche neuen Bücher?«

»Nein, Coco, ich hab nach wie vor nur ein Buch. Es liegt da

drüben hinter den Kerzen. Kauf mir doch noch eins, wenn du das so schlimm findest.«

Sie stieg über eine neue Welle brennender Andachtskerzen.

»Denkst wohl, deine Zukunft liegt im Bestattungswesen?«

»Nerv mich nicht, Coco. Schau dir das Buch an.«

Sie zog das zerfledderte Exemplar von Patti Smiths Gedichten hervor, das ich noch aus der Zeit habe, als Patti Smith brandaktuell war, und jetzt, wo es Leute gibt, die noch nie von ihr gehört haben, ist das Buch nicht mehr so leicht zu finden. Aber Gott sei Dank ist es noch zu kriegen, wenn du es wirklich brauchst.

»Zeig mir die guten«, sagte Coco und warf mir das Buch in den Schoß. »Zeig mir die, die wirklich toll sind.«

Das war einfach. Das Buch fiel schon von selbst an den richtigen Stellen auseinander.

»Es geht um Judith. Eine Frau, die Patti liebte, namens Judith.«

»Aber sie ist gar keine Lesbe«, sagte Coco völlig entspannt. »Sie ist verheiratet, hat ein Baby und lebt in Michigan.«

»Und wenn schon, trotzdem hat sie Judith geliebt. Hör zu.«

Und ich las bedachtsam vor; ich wußte, daß es Coco inspirieren und glücklich machen würde.

Wenn alles sonst versagte: vogel, zauberer, fata morgana, die aussicht auf gold und reichtümer unter dem umhang und ärmel von marco polo, verband ich alles mit einer frau.

»Mehr«, sagte Coco.

Errötendes denkmal: pinkfarbene sphinx, glutheißes eichhorn, gefallener pharao. die erschöpfung der seele, die versucht, ihr geheimnis zu ergründen.

»Mehr«, sagte Coco.

Ich liebe sie wie die juden das land.
Ich liebe sie wie judas jesus liebte.

»Ja«, sagte Coco. »Wie schön. Wie wunderbar. Welche Freude an Worten. Das bringt meine Seele in Schwung. Das entzündet mein Herz.«

»Ich weiß«, sagte ich. »Ich liebe Patti Smith.«

Wir saßen beide für einen Augenblick da. Dann sagte ich: »Coco, erzähl mir eine Geschichte über eine Frau, eine glückliche Geschichte.«

»Okay«, sagte sie und blätterte in den hinteren Seiten ihres Notizbuchs, die längst Vergangenes enthielten, sah sich ihre Notizen an und verknüpfte sie, während sie redete, zu einer Geschichte. Einer Geschichte, die sich niemals zugetragen hatte, die aber immer so klingen würde, als sei sie wahr.

»Die Geschichte heißt 'Dies und das'«, sagte Coco.

Und ich wiederholte: »'Dies und das.'«

»Und es geht darin auch um eine Judith. Dieselbe Judith, die Patti liebte, aber Jahre später. Sie kam zu mir nach Hause. Es war drei Uhr. Ich hatte die Tür offen gelassen und schnitt gerade am Spülbecken Erdbeeren klein, als ich sie die Treppe heraufsteigen hörte.

'Hallo, du Hinreißende', sagte ich, noch ehe sie hereinkam.

'Woher weißt du, daß ich heute hinreißend aussehe? Du hast mich noch gar nicht angeschaut.'

Dieser Satz begann draußen im Hausflur und setzte sich über die Türschwelle der Wohnung fort, während sie ihre Sonnenbrille abnahm und sie zusammen mit einem Strauß orangefarbener Tigerlilien auf die Küchentheke legte. Alles für mich.

'Ich mag es total gern, wie sie wackeln', sagte sie später und spielte an den Tigerlilien herum, 'wie Brüste.'

Doch in diesem Moment war sie noch nervös, denn sie kam gerade aus dem Bett ihrer anderen Geliebten.

'Ich wußte es einfach', sagte ich und küßte sie betont ruhig, denn innerlich war ich wie elektrisiert. Ich war so glücklich, daß sie zu mir gekommen war.

Nach etwas Geplänkel am Tisch bei Tee und einem Joint konnte ich sie spontan von hinten umarmen, weil ich sie so unbekümmert liebe.

'Entspann dich, mein Schatz, du kannst dich entspannen.'

Und für einen Moment spürte ich, daß sie mich liebt. Den Rest des Tages aber war ich mir da nie so sicher.

Wir redeten über dies und das. Es war interessant, aber was noch wichtiger war, ich sah ihr zu. Dann sagte sie 'auf geht's' und entblößte ihren Oberkörper wie ein Sumo-Ringkämpfer. Wir küßten uns, beinahe tänzelnd, nackt, spürten einander und die Sonne. Es war so sonnig und hell. Dann gingen wir ins Bett und taten dies und das.

'Während ich mit dir geschlafen habe', sagte sie, 'dachte ich an Sappho und wie treffend doch ihre Fragmente sind. Alles für einen Augenblick feucht, und dann etwas anderes, wie eine anschwellende Leidenschaft, und dann etwas Neues.'

Sie lag in meiner Lieblingsstellung, auf dem Rücken, beide Hände unter ihrem Kopf, wirklich genau wie ein Mann. Es ist das Männliche an ihr, was mich am stärksten anzieht: ihre rauhe Stimme, ihre drahtigen Arme, ihre breite schwarze Armbanduhr. Wenn sie so auf dem Rücken liegt und redet, könnte ich über ihrer Brust ein Gebet sprechen.

Außerdem denkt sie ständig nach. Manchmal zu viel, aber ich bin ja auch noch da und kann manchmal wie ein kleines Mädchen sein und ihr helfen, sich zu entspannen. Ich kann sie zum Lachen bringen. Ich weiß, was ich tun muß, damit sie sich besser fühlt. Das ist Judith, die Frau, die mich nachmittags liebt.«

»Eine schöne Geschichte«, sagte ich. »Aber ich mache mir wirklich Sorgen, Coco; ich glaube nämlich, Charlotte hat Punkette getötet, und ich weiß nicht, was ich da tun soll.«

»Wovon redest du?« fragte Coco.

»Daniel sagt, Charlotte ist auf Dope.«

»Nun, zumindest ist sie kein Junkie.«

»Warum findest du alles so verflucht akzeptabel? Weißt du, Coco, manche Dinge sind einfach so haarsträubend, daß du sie nicht so ohne weiteres an dir vorübergehen lassen kannst.«

»Was zum Beispiel?« Sie trug eine Unverfrorenheit zur Schau, bei der sie sich ganz nach Belieben aufrichtig zeigen konnte oder nicht. Ich glaube, das hat sie bei Useless Phlegm gelernt.

»Zum Beispiel die verfluchte Delores«, sagte ich richtig laut. »Zum Beispiel, wenn die verfluchte Delores gesagt hat, daß sie mich liebt, und dabei suchte sie eigentlich nur eine Wohnung. Meinst du, das ist etwas, was ich einfach so in aller Ruhe hinnehmen sollte?«

»Hast du denn eine andere Wahl?«

»Leck mich am Arsch, Coco Flores.«

»Na, leck du mich doch. Hast du sie eigentlich jemals gefragt, warum sie das tut, was sie da tut, damit du es ein für allemal weißt?«

Ich sah, daß Coco sich nicht entscheiden konnte, ob sie nachgeben sollte oder nicht, und daß sie mich sagen ließ, was ich unbedingt sagen wollte.

»Ja schon, ich hab' sie gefragt. Ich hab' sie gefragt, warum sie behauptete, meine Freundin zu sein, und sich dann nicht wie eine Freundin verhielt.«

»Also, und was hat sie geantwortet?«

Coco sah sich nach einer Beschäftigung um, zündete sich schließlich eine Zigarette an und schnippte die Asche auf den Boden.

»Sie sagte: 'Ich hab's mir anders überlegt.'«

Kaum hatte ich das gesagt, fiel mir die ganze Szene wieder ein, als würde sie nochmal als Video ablaufen, irgendwo zwischen meiner Seele und dem Bereich hinter meinen Augen. Ich erinnerte mich wieder an den Tag, an dem Delores sagte: 'Ich hab es mir anders überlegt.' Sie saß im Wohnzimmer mit einer Plastikschüssel und rasierte sich mit einem Einweg-Rasierer die Beine. Ich saß ihr gegenüber und wünschte, sie würde sich schneiden. Sie trug grüne, paillettenbesetzte Hot Pants, und diese Beine waren so weiß. Ich wünschte, sie würde sie sich aufschlitzen, damit ich zusehen konnte, wie das Blut wie verschüttete Farbe überall herunterlief. Ihr Gesicht war leer. Es war das Häßlichste, was ich je gesehen hatte.

Sie ließ die Schüssel da stehen, wo Coco jetzt rauchte. Sie war mit Härchen gefüllt. Dann tupfte sich Delores Parfüm auf und ging rüber zur Wohnung ihrer neuen Freundin. Ich saß hier fest, meine Nasenlöcher voller Chanel. Es hing in der Luft, überall um mich herum, und ich mußte dasitzen und das winzige Fläschchen auf der Kommode anstarren und darauf warten, daß der Duft in meinem Inneren haften blieb. Ich wollte das Fläschchen zerschmettern.

»Ich versteh' dich nicht«, sagte Coco. »Du glaubst, daß normale Leute herumlaufen und sich gegenseitig umbringen, und dann schiebst du alles auf Delores. Du bist einfach betrunken.«

Da wurde ich so zornig, daß ich am liebsten alle und jeden verprügelt hätte. Ich gehörte zu den Menschen, die Selbstgespräche führen und in die Luft boxen.

»Delores war eine blöde Fotze«, sagte ich. »Vom Sex mit ihr wurde mir schlecht. Sie machte immer das gleiche. Immer wenn sie wollte, daß ich es ihr besorgte, zog sie ihr Hemd hoch und hopste herum und stieß mir ihre Titten ins Gesicht.«

»Mir ist es egal, das mit dir und Delores«, sagte Coco und trat ihre Zigarette mit dem Absatz aus, als ständen wir an einer Straßenecke. »Früher war's mir nicht egal, aber mit der Zeit wurde es zu arg. Du bist krank. Du brauchst eine Beratung. Komm, laß uns von was anderem reden. Schau mal hier, diese fluoreszierende Farbe, die ich gekauft hab. Knallpink.«

Ich nahm das Gläschen in die Hand.

»Laß uns meine Wohnung anmalen«, sagte ich und schmetterte das Gläschen gegen die Wand, so daß überall pinkfarbene Glassplitter waren. »Laß uns meine Wohnung mit Farbe zuknallen.«

»Du bist total kaputt. Das ist schon nicht mehr exzentrisch. Ich geh' nach Hause.«

»Ich werde Sunshine das Gesicht mit einem Dosenöffner aufschneiden.«

»Sieh mal«, sagte Coco. »Deine Gefühle sind im Augenblick zu heftig, okay?«

»Wieso?«

»Weil alles im Leben vergänglich ist, und deshalb darfst du nur für den Augenblick leben, und das hier ist nicht der richtige Augenblick für dich, um so zu leben.«

»Nein.«

»Was meinst du damit, 'nein'?« fragte Coco erbost. »Doch! Wenn du daran glauben würdest und damit zufrieden wärst, was ich gerade gesagt habe, dann wärst du ein viel glücklicherer Mensch.«

»Nein«, sagte ich. »Es ist einfach zu arg. Ich werde nie auf diese Weise klein beigeben. Mein Ärger ist gerechtfertigt, und deshalb muß ich ihn mir bewahren, bis ich mein Recht bekomme.«

»Dann heul weiter«, sagte Coco, als ob das gar nichts wäre.

Ich fischte ein Gläschen mit grüner Farbe aus Cocos Handtasche und warf es gegen die andere Wand, so daß es nun auch grüne Glassplitter gab.

»Sieh mal«, sagte Coco. »Das erste Mal war schon abgedreht genug, aber das zweite Mal war total daneben, weil du da schon wußtest, was passieren würde, aber du hast es trotzdem getan. Die Farbe hat mich acht Mäuse gekostet.«

Mir war jetzt nicht danach, etwas zu sagen. Kein »leck mich« oder »halt die Klappe«, also saß ich einfach nur so da und Coco auch. Dann begann sie ihr Haar zu flechten. Dann ging sie weg.

Als die Tür zuknallte, zog ich meinen Revolver unter der Couch hervor, hielt ihn zuerst in der hohlen Hand und packte ihn dann nach Cowboyart. Er roch nach altgewordenem Lakritz oder poliertem Holz, und er schmeckte nach Delores. Ich beschloß an diesem Tag, ihn immer bei mir zu tragen, bis er mich direkt zu ihr führte. Dann würde ich Delores leiden lassen. Nur so konnte ich glücklich sein.

22

Den ganzen Tag über im »Herbie's« trug ich den Revolver, in ein sauberes Geschirrtuch gewickelt, in der mittleren Schürzentasche. Es fühlte sich toll an, wie er gegen mein Schambein schlug.

Es war nicht viel los an diesem Tag, und so machten Dino und ich um drei Uhr Pause auf der Hintertreppe und rauchten seine Kools, die er immer verkehrtherum von unten aus der Schachtel zog. Wir unterhielten uns darüber, was für ein Tag es war, und woran uns solche Tage erinnerten.

Dino mußte daran denken, wie er in San Francisco gewesen war, als er noch jung war, »vor ein paar Jahren.«

»Es liegt am Wetter«, sagte er, »das gibt ihnen allen dieses Gefühl. Es ist, als hätte man jeden Tag Urlaub und könnte mit dem Bus in jede beliebige Richtung fahren. Ich hatte einen Freund, Max, der arbeitete bei Do-City Barbecue. 'Essen Sie, bis Sie platzen', das war ihr Slogan. Alte Männer fegen den Gehsteig, sooft sie dazu kommen, denn es ist ja den ganzen Tag über heller Morgen. Ich bin noch nie irgendwo sonst gewesen, wo man es so gemächlich angehen lassen kann und trotzdem mitten im Geschehen ist, außer unten in den Südstaaten, aber das ist eine ganz andere Geschichte.«

Ich blickte auf, gemütlich rauchend, und da sah ich Delores die Straße entlangkommen. Ihre Augen waren von einem fanatischen Glanz erfüllt, und sie bewegte sich so schnell wie die böse Hexe aus dem »Zauberer von Oz«, wie sie auf ihrem Fahrrad durch Kansas strampelt. In ihrer linken Faust zerknüllte sie meine Postkarte mit der Freiheitsstatue drauf.

Ich sprang auf, so schnell ich konnte, aber sie erwischte mich doch und stieß mir mit voller Wucht gegen die Brust.

»Glaub bloß nicht, das mit deiner Scheißpostkarte würde mir etwas ausmachen«, sagte sie und schubste mich noch einmal, mit einer Vehemenz, die ich sofort wiedererkannte. Ich stand ausdruckslos da und ließ mich von ihr über den ganzen Hinterhof von Herbie's Coffee Shop schubsen. Der Revolver schlug hin und her und knallte mir gegen den Knochen.

»Glaub bloß nicht, daß es mir etwas ausmacht«, sagte sie. »Aber allen anderen wird es ganz schön etwas ausmachen. Ich hab jetzt ein paar Freundinnen, weißt du.«

Nun, um die Wahrheit zu sagen, ich hatte mich noch nie besser gefühlt. Ich fühlte mich erfolgreich. Delores sah so häßlich aus, daß ich noch nicht einmal auf sie zu schießen brauchte. Zum allerersten Mal wußte sie genau, was ich fühlte. Ich hatte sie berührt. Delores hatte es endlich mitgekriegt.

Ich sah ihr zu, wie sie davonstakste, und hob die zerfledderte alte Postkarte auf, die sie auf den Gehweg geworfen hatte.

»Scheiße, Dino, die hab ich schon vor Monaten abgeschickt. Mein Gott, ist die Post langsam. Mann, mit denen ist aber auch gar nichts mehr los.«

Total großspurig warf ich die Karte behutsam in den Briefkasten, der praktischerweise direkt neben der Straßenlaterne stand.

Dino zwinkerte und zog an seiner Zigarette; er wirkte ruhig und sah sehr gut aus.

»Komisch«, sagte er. »Komisch, da setzt man sich manchmal einfach nur hin, um eine zu rauchen, und ganz plötzlich ist man in einem Film. So richtig da oben auf der Leinwand. Und dann ist man wieder draußen.«

Ich lächelte vor mich hin, denn ich spürte die warme Stelle auf meiner Brust, wo Delores ihre Hand gehabt hatte.

23

Am nächsten Tag machte ich einen großen Fehler. Ich begann, alte Fotos von mir und Delores anzuschauen. Da war dieses eine, das mir wirklich an die Nieren ging. Es war an einem Wochenende im August letzten Jahres aufgenommen. Wir waren schrumpelig und passiv geworden, weil wir den ganzen Sommer in der Stadt überleben mußten, und als mir ein Gast im »Herbie's« Ocean Grove, New Jersey, empfahl, das angeblich nicht zu teuer und nicht zu weit weg war, beschlossen wir, unser Haushaltsgeld zusammenzukratzen und uns den Ort mal anzusehen.

Etwa eine halbe Stunde nachdem wir dort angekommen waren, merkten wir, daß in der ganzen Stadt die Christen das Sagen hatten; werktags war alles um neun Uhr verrammelt und sonntags blieb alles den ganzen Tag über geschlossen. Delores fing an, es 'Ocean-Grave' – Ozeangrab – zu nennen. Das Hotel, in dem wir wohnten, sah eher aus wie ein Privathaus, das den Leuten zu groß geraten war, so daß sie ein paar Zimmer vermieteten. In der Empfangshalle lagen 'Heil dem

Auferstandenen'-Comics herum und ein Gesellschaftsspiel namens 'Bibel-Quiz'. Ich weiß noch, daß Delores und ich unsere Betten am Fenster zusammenschoben, damit wir das Meer sehen und hören konnten. Als wir miteinander schliefen, mußten wir leise sein, denn wir hatten Angst, entdeckt zu werden. Doch am nächsten Morgen machten wir einen kleinen Spaziergang am Strand entlang und fanden heraus, daß der nächste Ort Asbury Park war, die Heimatstadt von Bruce Springsteen und der berühmten Strandpromenade. Wir sprangen in diese Szene hinein und wieder heraus, spielten, aßen im »Howard Johnson's« fritierte Venusmuscheln, gingen zu einem Rock-'n'-Roll-Revival-Konzert, bei dem die Marvelettes zum siebzehntausendsten Mal »Please Mr. Postman« sangen, und dann sahen wir aufs Wasser hinaus. Auf dem Weg zurück ins Bett quetschten Delores und ich uns in eine altmodische Fotokabine und ließen einen Streifen mit vier Aufnahmen machen. Die ersten drei waren die typischen Schwarzweißfotos, und Delores saß auf meinem Schoß. Aber im letzten Moment nahm sie mein Gesicht in ihre Hände und küßte es so innig vor der Kamera, daß mein Gesicht in ihr Gesicht hineingezogen wurde. Als die Bilder aus dem kleinen Schlitz herauskamen, schnappte sie sich sofort den Streifen, riß die drei gestellten Fotos ab, warf sie in den Müll und überreichte mir den Kuß.

»Hier«, sagte sie pfiffig. »Dieses hier sollst du haben.«

Deshalb habe ich das Bild immer noch, und es tut so weh. Als ich das Foto wieder anschaute, wurde mir klar, was für eine Memme ich gewesen bin, was für ein Waschlappen, daß ich mich so von ihr unterbuttern ließ. Auf ein Fingerschnippen tue ich alles, was sie will, wenn Delores für eine Sekunde in mein Leben platzt, um ein totales Durcheinander darin anzurichten; und dann geht sie wieder, ganz nach Belieben.

Das war's. Ich durfte nicht mehr um den heißen Brei herumreden. Durfte mir nichts mehr vormachen. Es wurde Zeit, daß ich diesen Schritt tat und mir Delores vorknöpfte. Ich wanderte eine Weile mit meinem Revolver in der Wohnung umher. Es war ein gutes Gefühl. Und was noch wichtiger war, ich hatte das Gefühl, als sei es etwas ganz Natürliches. Ich würde Delores nicht erschießen und mein ganzes Leben wegwerfen. Ich würde sie nur erschrecken. Dann würde sie ein oder zwei Minuten höflich sein müssen. Ich wollte diesem Miststück ja bloß ein paar Dinge sagen, ohne mir ihre schnippischen Entgegnungen anhören zu müssen. Zuerst aber mußte ich sie dazu bringen, zu mir nach Hause zu kommen.

»Hi, Delores? Ich bin's. Ich wollte dir nur sagen, daß es mir sehr leid tut, wenn ich dir Unannehmlichkeiten bereitet habe. Ich hab noch mal ganz genau über alles nachgedacht und bin zu dem Schluß gekommen, daß du recht hast und ich unrecht.«

Ich sprach mit Sunshines Anrufbeantworter.

»Delores, wenn ich gewußt hätte, daß du mit mir Schluß machen würdest, weil ich nicht heiraten wollte, dann hätte ich dich geheiratet. Mit dir verheiratet zu sein könnte nicht schlimmer sein als das jetzt.«

Ich zitterte nur ein ganz kleines bißchen.

»Naja, wie dem auch sei, Delores, ich würde es wirklich gern wiedergutmachen, bei dir persönlich. Ich würde mich wirklich freuen, wenn du bald mal hier vorbeikämst und ich dir sagen könnte, wie sehr ich im Unrecht gewesen bin.«

Ich goß mir einen Schnaps ein.

»Acht Uhr«, sagte ich.

Dann legte ich auf.

Der Plan war angelaufen. Der erste Schritt bestand darin, meinen Schnaps auszutrinken. Vielleicht sollte ich danach den Plan nochmal überdenken. Vielleicht sollte ich den Revolver nehmen und mir das Gesicht wegschießen, sobald Delores durch diese Tür kam. Dann trank ich noch einen und sah aus dem Fenster.

»Alle sind verlogen.«

Ich führte inzwischen schon Selbstgespräche und knirschte

mit den Zähnen. »Charlotte zum Beispiel; sie ist genau so eine Lügnerin wie Delores.«

Ich haßte sie.

»'Meine Wohnung, ihre Wohnung.' Charlotte hatte mich schon fast so weit, daß ich dachte, sie würde mich mögen, wir hätten miteinander ein Geheimnis, fast so wie enge Freundinnen. Aber der eigentliche Grund, warum sie mich nicht mit Beatriz reden lassen wollte, besteht darin, daß Charlotte dachte, Punkette hätte mir davon erzählt, daß Charlotte ab und zu ganz gern so richtig high wurde. Und in der Zwischenzeit sucht diese Beatriz auf *meinem* Arm nach Einstichspuren, wo doch *ihre* Geliebte und *ihr* Sohn wahrscheinlich jeden Tag direkt vor ihrer Nase high waren.«

Ich war drauf und dran, geradewegs zu Charlottes Wohnung rüberzugehen und ihr mal kräftig die Meinung zu sagen, als ich hörte, wie jemand an die Wohnungstür klopfte.

»Delores?«

»Nein.«

Als ich öffnete, standen da drei Frauen. Sie sahen genau gleich aus, obwohl die eine spindeldürr war und die anderen beiden nicht. Das Ungewöhnliche an ihnen war die Tatsache, daß sie gleich aussahen. Jede für sich hätte total normal ausgesehen. Ihr Haar war in der gleichen Farbe gefärbt, schwarz. Und sie hatten alle die gleiche Frisur, häßlich. Sie wirkten gleichzeitig wie eine schlimme Halluzination und sehr vertraut. Aber mir war nicht ganz klar, ob das daran lag, daß ich betrunken war. Ich wußte nicht, was vertrauter war, Halluzinationen zu haben oder sie. Vielleicht sahen sie in Wirklichkeit aus wie jede andere.

»Wir kommen von der Beratungsstelle für vergewaltigte Frauen.«

»Was?«

»Wir kommen von der Beratungsstelle für vergewaltigte Frauen.«

»Sammeln Sie Kleider für einen Wohltätigkeitsbasar?«

»Du hast Gewalt gegen Frauen begangen.«

»Wie bitte?«

Ich war ganz und gar nicht in der Stimmung für so etwas.

»Du hast das Leben von Delores bedroht«, sagten sie im Chor. »Wir haben Beweise.« Eine von ihnen hielt eine verschmierte, zerknickte Ansichtskarte von der Freiheitsstatue in ihrer Pfote.

»Aber die habe ich gestern erst abgeschickt.«

»Bei der Postzustellung in New York City weißt du nie. Jedenfalls hast du gedroht, ihr das Gesicht mit einem Hammer einzuschlagen.«

»Ich habe nicht gesagt, daß ich ihr das Gesicht mit einem Hammer einschlagen werde. Ich habe gesagt, ich würde es gern tun. Das ist nicht das gleiche. Und überhaupt steht das hier gar nicht zur Debatte. Zur Debatte steht, wer zum Teufel ihr seid, und daß ihr euch fortscheren sollt.«

»Delores ist ein Opfer«, sagte die Schmierigste. »Sie ist dein Opfer. Du bist eine Vergewaltigerin. Du hast sie quasi vergewaltigt.«

»Warum tut ihr das?« fragte ich, dem Weinen nahe.

»Damit es gerecht zugeht«, sagte die Dünne. »Um dafür zu sorgen, daß Delores ihr Recht bekommt.«

»Und wer sorgt dafür, daß ich mein Recht bekomme? Wo wart ihr, als ich Sunshine bat, an meinem Abend nicht in meine Bar zu gehen und als sie sagte: 'Du hast mir gar nichts zu sagen'? Ist das etwa gerecht? Wo wart ihr, als ich Delores fragte, warum sie gesagt hat, sie liebte mich, wo sie doch nur eine Wohnung wollte, und als sie sagte: 'Ich hab's mir anders überlegt'? Wo wart ihr, als mir Delores im 'The Blue and the Gold' mein Hemd ausgezogen hat? Wo wart ihr, als sie mich im Hinterhof vom 'Herbie's' herumgeschubst hat?«

»Das ist uns egal«, sagte die mittlere. Ihr Gesicht war käsig und aufgeschwemmt, als würde sie zum Frühstück Cortison essen.

»Warum?«

»Weil du in dieser Stadt nichts zu melden hast«, sagten sie alle im Chor.

Jede trug den Namen, unter dem sie auf der Straße bekannt war, auf ihrer Lederjacke, die denen der anderen völlig glich. Sie hießen Dubble, Trubble und Boil. Da fiel mir ein, wo ich sie schon mal gesehen hatte. Sie kamen von keiner Beratungsstelle für vergewaltigte Frauen. Sie waren Useless Phlegm. Sie waren die gräßliche Rock-Band, deren Managerin Coco früher gewesen war.

»Ihr seid gar nicht von der Beratungsstelle für vergewaltigte Frauen«, sagte ich. »Ihr heißt nicht Dubble, Trubble und Boil. Ihr heißt Debbie, Amy und Lynn. Ihr habt die drei langweiligsten Namen in Amerika. Ihr seid keine Sozialarbeiterinnen. Sozialarbeiterinnen fahren Le Cars und tragen Terminkalender mit sich herum. Sie wollen sich wirklich um Leute kümmern. Ihr tut für keine etwas. Ihr müßt die Knete aber bitter nötig haben, daß ihr herumlauft und die Frauen von der Vergewaltigungsberatung in Verruf bringt.«

»Du hast nichts zu melden«, sagten sie.

»Was ist denn los?« sagte ich, während ich an ihnen vorbeiging und die Treppe hinunterstieg. »Keine Konzerte mehr bei der Blutbank? Könnt wohl keine Fitness-Studios mehr finden, die euch dafür bezahlen, daß ihr Handzettel verteilt? Konntet wohl nicht genug Pfandflaschen auftreiben? Laßt ihr euch deshalb von Sunshine als bezahlte Schlägertruppe anheuern?«

»Wieso?« fragte Boil. »Hast du was Besseres anzubieten?«

»Ich hoffe, ihr habt das Geld im voraus bar auf die Hand gekriegt«, sagte ich. »Oder leiht sie euch ihre Videoausrüstung, damit ihr ein Musikvideo von eurer Band drehen könnt?«

»Video?« sagte die eine, die nicht dünn war. »Sie hat uns nur kostenlose Hochglanzfotos versprochen.«

»Ihr seid nichts als blöde Fotzen, die die Leute schikanieren«, sagte ich. »Fotzen, die die Leute rumschikanieren.«

»Du hast nichts zu melden«, sagten sie. »In der ganzen Stadt nicht.«

»Haltet die Klappe«, sagte ich, knallte die Wohnungstür hinter mir zu und rannte die Straße hinunter.

»Nichts zu melden«, brüllten sie mir hinterher. »Nichts, nichts, nichts.«

Ich rannte den ganzen Weg bis zu Charlottes Haus, aber als ich die Treppe zu ihrer Wohnungstür heraufkam, starrte mir dieser Spion ins Gesicht. Er bildete ein klaffendes Loch. Ich hätte hindurchkriechen können. Ich brauchte nicht zu klopfen. Der Spion würde mich hereinlassen. Meine Handflächen hinterließen Schweißabdrücke, als ich mich gegen die Tür preßte, um nach drinnen zu schauen. Das Licht im Treppenhaus war aus, und so stand ich da wie ein Dieb in der Nacht, wie ein Verräter beim Spionieren. Ich schaute hinein, und sie waren nackt. Charlotte, stark und schön, saß auf einem Küchenstuhl, die Arme um Beatriz' schmale Taille gelegt. Sie schwitzten und waren einfach wunderbar. Ihre Körper glitzerten in der vergilbten alten Küche.

Beatriz krümmte und wand sich wie eine Schlange; sie sah mit grenzenloser Zärtlichkeit auf Charlotte, die unter ihr saß, herab. Charlotte drückte sie fest an sich, ihr Unterkiefer entspannt, und sah tatsächlich zufrieden aus. Ich konnte die beiden vom Treppenhaus aus riechen. Ich empfand große Liebe für sie. Ich wurde zu ihrer Komplizin. Ich würde sie niemals verraten. Charlotte hatte eigenhändig eine Geliebte getötet und überspielte es damit, daß sie high war, während Beatriz all das mit Lügen vertuschte, damit sie sich nachmittags in einer Mietshausküche lieben konnten. Ihre Lügen ermöglichten ihnen eine leidenschaftliche Beziehung. Ich war jetzt eine von ihnen. Ich war so ein schlechter Mensch. Ich war verliebt in sie.

Ich hetzte die Treppe hinunter auf die Straße, rannte, rannte wieder, so schnell ich konnte. Meine Lungen taten weh, aber ich rannte weiter, während der Revolver gegen meine Hüfte schlug. Meine Beine schmerzten und stolperten über den Asphalt, aber ich rannte weiter, bis mir der Schweiß übers Gesicht lief und sich in meine Haut eingrub. Ich rannte zu Priscillas Haus, und sie ließ mich herein.

24

Ich wartete im Wohnzimmer, während Priscilla es uns gemütlich machte. Sie brachte eine Flasche guten Wodka und einen Eiskühler aus den vierziger Jahren mit langstieligen Art-Deco-Gläsern in Pink. Alles war außergewöhnlich. Nichts war alltäglich. Ein Stuhl konnte nicht einfach nur ein Stuhl sein. Er mußte kitschig oder kostbar oder ein großartiger Fang sein. Es gab zu viele Kleinigkeiten, zum Beispiel Achterbahnen von verschiedenen Rummelplätzen aus aller Welt und Eiszangen von hier und da und eine Unmenge von Aschenbechern aus Fernfahrerkneipen. Aber dieser kleine Engel, Gott segne sie, kam aus dem Schlafzimmer, nur für mich zurechtgemacht, in ihrem Kleid und den Strapsen und sogar mit der schwarzen Perücke. Sie legte Rumba-Platten auf, und wir tanzten lachend herum und tranken aus der Flasche, zwischen nachlässigen, betrunkenen Küssen. Dann sang Elvis: »Wise men say, even fools fall in love.«

Da murmelte ich: »Sei nicht so grausam«, fiel vor Priscilla

auf die Knie und begrub mein Gesicht in ihrem Polyester. Ich rieb meinen ganzen Körper darin. Polyester war alles für mich. Ich kaute an ihren Strapsen, und sie zog den Tüll noch fester um meinen Hals.

»Ich bin eine miserable Geliebte«, sagte ich und leckte über ihren Schenkel. »Ich bin die schlechteste überhaupt. Noch kannst du aussteigen.«

»Ich weiß, daß du das Letzte bist«, sagte sie und kratzte mir mit acht langen und zwei kurzen Fingernägeln unter dem Hemd entlang und den Rücken hinunter. »Solange ich die Wahrheit weiß, laß es uns einfach tun.«

Sie legte ihre Hand auf meinen Schenkel.

»Cool«, sagte sie.

Sie legte ihre Hand auf meine Möse.

»Fühl mal, wie heiß«, sagte sie. »Du verbrennst ja.«

Pris riß sich ihren Playtex herunter und bewegte sich langsam vor meinem Gesicht hin und her. Also leckte ich sie, so gut ich konnte, und es war, als würde ich ein sich aufbäumendes Wildpferd reiten, denn sie kannte keine Hemmungen, wenn es darum ging, zu kriegen, was sie wollte. Und es gibt im Leben kaum etwas Tolleres, als von einer Frau, die ihre eigenen Phantasien noch übertrifft, in eine so kompromittierende Lage gebracht zu werden. Doch dann wurde Priscilla zu meiner Überraschung ganz sanft, und ihre Augen bekamen einen feuchten Schimmer. Da wurde mir schlagartig etwas klar.

»Priscilla, du bist jemand, die sich auf der Stelle verliebt, nicht wahr?«

»Das stimmt. Ich habe nie wen durch Mauern oder irgendeinen Schutzwall hindurch küssen können. Deshalb muß ich einen Revolver bei mir tragen.«

Wir streckten uns auf dem Fußboden aus, still und außer Atem. Sie stützte einen Ellbogen auf und strich mir das Haar aus der Stirn.

»Süße«, schnurrte sie. »Woher wußtest du, daß ich dich so

ohne weiteres reinlassen und dir genau das geben würde, wonach du gesucht hast, als du einfach so an meine Tür kamst?«

»Naja, Priscilla«, sagte ich und nahm ihr Gesicht unter dem Makeup wahr. »Du bist gefährlich. Du bist gefährlich, und ich bin verrückt. Wir haben einander in einem Rattenloch gerochen, also dachte ich, es könnte hinhauen. Übrigens, da wir gerade beim Thema sind. Ich möchte dich um einen Gefallen bitten. Nimm deinen Revolver zurück. Ich hab ihn hier in meiner Tasche.«

»Tja, dank' dir, Süße«, sagte sie in schleppendem Südstaaten-Tonfall. »Aber ich habe jede Menge davon. Und keiner ist registriert. Warum behältst du ihn nicht einfach?«

»Ich weiß nicht recht.«

»Es ist ganz praktisch. Und mach dir keine Sorgen wegen dem Adreßbuch. Ich hab die ganzen Informationen auf meinem PC.«

»Sag mal, Pris, wie kamst du denn darauf, Waffen zu sammeln?«

Sie legte sich flach auf den Rücken, um diese Frage zu beantworten. Ihre Brüste standen hoch, in die Luft gereckt wie die Beine eines Tieres in der Totenstarre.

»Vor Jahren, als ich noch sehr jung war, hatte ich eine Freundin, die auf den Strich ging. Dauernd kamen widerliche Männer vorbei und wollten was von ihr, und sie war ihnen gegenüber knallhart, aber zu mir war sie lieb, richtig lieb. In meiner Jugend war ich faul im Bett, und sie machte alles. Eines Nachts schliefen wir in ihrer Wohnung miteinander. Ihr Mund war voll mit meinen Brüsten. Sie hatte so zarte Knochen, wir saßen zusammen auf einem Schaukelstuhl. Plötzlich hörte sie mit allem auf, mittendrin. Also, unsere Gesichter waren beide glühend rot. Wenn du so aufgegeilt bist, sprüht die Luft Funken; alles könnte in Brand geraten. Und so hatte ihre Unterbrechung etwas Magisches. Mir war völlig klar, daß ich nichts sagen oder tun durfte. Sie nahm ihren Revolver, nackt, und sie hatte diese leuchtenden Dehnungsstreifen, die eine Frau vom Kinderkriegen bekommt; diese Streifen glänzten wie Goldschnitt an einem alten Buch. Sie zog den Vorhang auf, und da stand ein Mann und holte sich einen runter. Sein Schwanz flutschte zwischen seinen Händen auf und ab wie eine Wurst. Ich erinnere mich noch an den Stahl ihres Revolvers und das Edelmetall auf ihrem Bauch. Und ich erinnere mich noch an seinen Gesichtsausdruck; er wußte, daß sie ihm die Eier wegschießen würde. Aber sie tat es nicht. Er war irgendein Exfreund von ihr, und sie verzieh ihm. Danach ließ er sie in Ruhe, in der Gewißheit, daß sie ihn das nächste Mal ganz bestimmt töten würde.

'Du mußt dich durchsetzen, Herzchen', sagte sie zu mir. 'Besorg dir einen Revolver.'«

»Das ist eine tolle Geschichte, Pris. Kennst du Coco Flores?«

»Ich hab noch jede Menge davon auf Lager«, sagte Pris. »Sollten wir jemals auf einer langen Fahrt ohne Radio im Auto hocken, erzähle ich dir sechs oder sieben.«

»Meinst du ernsthaft, daß ich einen Revolver brauche?«

Ich tastete mich ganz langsam vor, ohne genau zu wissen, was ich als nächstes hören oder fühlen würde.

»Priscilla, was würdest du tun, wenn jemand, die du geliebt hast und die dir sehr weh getan hat, jemanden getötet hätte, die du geliebt hast und die dir überhaupt nichts Böses getan hat?«

»Ich würde mich raushalten«, sagte sie.

»Was würdest du tun, wenn dich deine Exfreundin dazu benutzt hätte, eine Wohnung zu kriegen, um dann wegen einer Yuppie-Frau mit dir Schluß zu machen, die eine Penthouse-Wohnung in TriBeCa hat?«

»Behalt den Revolver«, sagte sie. »Du wirst ihn brauchen.«

Sie ließ ihren Akzent fallen und wusch sich zunächst am Spülbecken in der Küche Gesicht und Hände, zog dann ihre normalen Sachen an und sah wieder wie eine ganz normale Frau aus.

»Ich will's dir mal klipp und klar sagen. Wenn du nett bist, halten dich die Leute für schlapp. Gib's ihnen! Zeig ihnen, wie sehr du sie haßt. Das ist das einzige, was sie verstehen.«

»Tja, was du da sagst, funktioniert zwar theoretisch, aber im wirklichen Leben werden deshalb Leute umgebracht.«

»Ach, sei doch nicht so zimperlich«, sagte sie, während sie ihr Haar bürstete. Sie sagte das so beiläufig, als sei es mit einem Bürstenstrich herausgeschlüpft. Ich sah ein Feuer in ihrem Inneren, das ihre Haut reinigte. Es brannte durch ihr Makeup hindurch.

Dann blickte ich auf die Uhr. Die Zeiger sprangen mich an. Es war halb acht, beinahe Zeit für Delores. Ich sah dem großen Zeiger zu, wie er im Kreis über das Zifferblatt tanzte, und ich brachte es nicht über mich, Delores zu hassen. Ich wollte vor allem an Frieden und Liebe glauben. Ich wollte romantisch sein, an einem verschneiten Tag chinesische Gedichte lesen, eine Krähe über einen ländlichen Himmel fliegen sehen. Ich wollte mit meiner Geliebten in alten Pullovern in einem großen Haus sitzen, Tee trinken und javanische Musik hören. Ich wollte ein Pferd reiten, und wenn es galoppiert, komme ich, und wenn es stehenbleibt, komme ich immer noch. Ich wollte das Pferd sein.

»Du bist süß«, sagte sie und küßte mich. »Und das hier hat Spaß gemacht. Vielleicht tun wir's irgendwann mal wieder. Aber nicht zu bald.«

»Frieden und Liebe, Pris«, sagte ich, als ich zur Tür hinausging. »Frieden und Liebe.«

Und bei Gott, ich meinte es wirklich ernst.

25

Das grundlegende Hindernis auf dem Weg zur Gerechtigkeit besteht darin, daß alles im Leben Konsequenzen nach sich zieht. Nun könntest du natürlich einwenden, daß die *anderen* ja *dich* verletzt haben, und daß *deine* Rache eben die Konsequenz ist, die *sie* sich selbst zuzuschreiben haben. Aber Dummköpfe, die andere tyrannisieren, betrachten sich selbst als Status quo, und wenn du – wie ich – eher reagierst als agierst, nennen sie das, was du selbst für »jetzt sind wir quitt« hältst, »Provokation«. Sie erwarten tatsächlich, daß du dich zurücklehnst und alles einfach hinnimmst. Und wenn du erstmal gelernt hast, daß Konsequenzen auf dich zukommen, wird es immer schwerer, sich zu entspannen. Für jedes Vergnügen, das ich genossen habe, mußte ich mit Kummer bezahlen. Und so wird jetzt jeder Augenblick vom Bösen überschattet, das grinsend auf mich wartet. Jedes Gefühl wird auf diese Weise zu einer Parodie seiner selbst.

Draußen war schönes Wetter, kühl und klar. Alle, wirklich

alle Menschen dieser Stadt waren auf der Straße und sahen einander an. Die ganze verborgene Verrücktheit trat offen zutage, wie sie tanzten, ihre Radios plärren ließen, sich unterhielten, Verantwortung abschüttelten, flirteten, stritten, für immer fortgingen und ein neues Kapitel aufschlugen. Es war früher Abend. Es war schön. Und dann sah ich auf der anderen Straßenseite Sunshine.

Ich war ein Güterzug. Ich brauchte nicht nachzudenken. Ich rannte schreiend genau auf sie zu. Keine Worte, sondern ein hohes Kreischen, und sie sah mich kommen und war überrascht. Ich rannte auf ihr Gesicht zu, das Überraschung ausdrückte, denn Schlampen wie sie glauben, sie könnten sich alles erlauben. Sie glauben, sie könnten dir die Freundin wegnehmen, es dir unter die Nase reiben, ihre Schlägertruppe auf dich hetzen und bei alldem unbesiegbar sein. Es tat so gut, ihr zu verstehen zu geben, wie sehr sie unrecht hatte. Ich schlug auf sie ein. Ich konnte ihre Angst riechen. Ich konnte ihre Lederjacke riechen, sie war niegelnagelneu. Ich schlug ihr ins Gesicht und knirschte mit den Zähnen und zerrte an ihrem neuen Hemd und schlug sie noch einmal. Ich schlug sie so fest, daß ich mir die Hand brach. Ich konnte es genau spüren. Dann fiel sie doch tatsächlich hin und fing an zu weinen. Du schlägst sie, und sie fallen hin. Es funktioniert wirklich so. Dann kam etwas Blut aus ihrer Nase getropft, wie bei einem Schulkind. Es hatte die gleiche Farbe wie Dinos Blut, aber diesmal gab es viel weniger davon. Wer von den Leuten auf der Straße nichts zu tun hatte, sah uns zu, und die anderen gingen weiter.

Sie sagte nichts. Es war ein tolles Gefühl. Ich fühlte mich so richtig gut. Ich ging weg und meine Hand schwoll an, aber ich begann mich wieder zu verspannen, also versetzte ich Sunshine noch einen Tritt, ganz fest, und dann fühlte ich mich wohl. Ich war so glücklich. Ich war frei. Ich war frei wie ein Vogel.

Da war nur noch eine Sache, die ich erledigen mußte: Delores. Ich berührte den Revolver. Ich konnte sie erschießen. Oder noch besser, ich konnte sie auch zusammenschlagen. Ich konnte ihr in ihr häßliches kleines Gesicht schlagen.

Dann passierte etwas sehr Merkwürdiges. Mir fiel ein, wie Delores immer meinen Namen gesagt hatte, wenn sie von der Arbeit heimkam. Mir fiel ein, daß ich die einzige war, die ihr nie Geld gestohlen oder die Nase gebrochen hatte und die sich immer um sie gekümmert hatte, sogar wenn sie mich zur Weißglut brachte. Mir fiel ein, wie wir immer vor allen Leuten in unseren Unterhosen ins Wasser gelaufen waren, weil wir beide keine Badeanzüge hatten.

Oh Scheiße, dachte ich. *Oh Scheiße*. Ich kann Delores nicht schlagen. Ich liebe sie. Vielleicht können wir nochmal über alles reden. Vielleicht kann sie sich wie ein vernünftiger Mensch benehmen. Aber wir würden von hier weggehen müssen, weit weg von Sunshine und all diesen Yuppie-Einflüssen. Dann könnte sie sich eine eigene Wohnung nehmen, und wir könnten eine normale Beziehung haben. Sie brauchte mir nur irgendwie durch eine kleine Geste zu zeigen, daß sie mich eigentlich liebte.

Als ich nach Hause kam, blinkte das rote Lämpchen am Anrufbeantworter. Wow, meine erste Nachricht. Wetten, daß es Delores war? Sie hatte sich wahrscheinlich noch mal alles durch den Kopf gehen lassen und beschlossen, nach Hause zurückzukommen.

»Hallo? Hier ist Coco Flores. Ich will meine acht Dollar für die Farbe. Acht Dollar.«

Sie fügte nicht einmal hinzu: »Ich weiß, daß du gerade eine schwere Zeit durchmachst und daß ich im Moment nichts für dich tun kann, aber ich bin wirklich deine Freundin.« Sie sagte einfach nur: »Acht Dollar.« Sie sagte es sogar zweimal.

Ich hätte fast den Anrufbeantworter abgeschaltet, aber es war noch eine zweite Nachricht drauf. Delores!

»Ich hoffe, du verreckst«, sagte sie.

Mein ganzer Atem kam aus mir heraus. Ich war ganz still. Auch die Stadt war still. Das einzige, was ich hören konnte, war das Rauschen der Cassette im Anrufbeantworter. Sie drehte und drehte sich. Was würde nun mit all meinem Zorn geschehen? Wo sollte ich bloß hin damit? Ich ging in die Küche und goß mir einen Drink ein. Es war mir inzwischen egal, welche Farbe er hatte. Dann stand ich in der Schlafzimmertür und starrte auf das Bett. Vielleicht würde ich in ein paar Wochen darin schlafen können. Ich ging zurück ins Wohnzimmer, starrte den Anrufbeantworter an und schlürfte meinen Drink. Ich hörte dem Brummen zu, während das Band sich weiterdrehte, leer, leer.

»Du sollst doch nur mit mir reden, Marianne.«

Es war eine Männerstimme. Eine Männerstimme auf dem Band. In meiner Wohnung war eine Männerstimme. Er keuchte atemlos, aber vor innerer Anspannung, nicht von körperlicher Bewegung. Ich konnte hören, wie er schwitzte. Ich drückte auf den Knopf und spulte das Band zurück.

»Du sollst doch nur mit mir reden, Marianne. Nur mit mir reden, sonst bring ich dich um.«

»Ich weiß, wer Sie sind.«

Oh Gott, das war Punkettes Stimme.

»Ich weiß, wer Sie sind, und Sie kriegen 'nen Haufen Ärger.«

Weiter so, Punkette. Was für eine Kleine. Wie sie diesem Typ, der sie tyrannisierte, contra gab. Wer war das, Punkette? Wer?

Doch das Band war zu Ende.

Alles, was von Punkette geblieben war, war ihre mutige Entgegnung.

Draußen schlugen die Kirchenglocken acht. Ich konnte die Geräusche wieder hören, die Autos und die Drogendealer und Leute, die allen möglichen Unsinn redeten. Ich bebte bei der Erinnerung an Punkette und die Stimme ihres Mörders. Ein Mörder, der keine drogenabhängige Schauspielerin war.

Charlotte war einfach eine x-beliebige Lügnerin in einer ganz normalen kaputten Beziehung. Sie brachte keine Frauen um. Sie liebte und verletzte sie. Das war alles. Sie hatte Punkette nicht getötet. Es war ein Mann gewesen. Ein Mann hatte es getan. Da war ich mir sicher.

26

»Hi, Charlotte«, sagte ich, als sie auf mein Klopfen hin die Tür öffnete.

Sie wiederzusehen machte mich irgendwie glücklich, so als wäre ich die, die ich sein sollte, weil Charlotte sich am selben Ort befand wie ich. Ich schaukelte auf meinen Absätzen vor und zurück, schüchtern wie ein kleiner Junge mit kurzen Hosen und Hosenträgern. Ich lächelte und war friedlich gestimmt, weil Charlotte der Unschuld so nahe kam, wie sie nur konnte, und trotzdem Charlotte blieb.

»Ich hab mich gefragt, wann ich wohl mal wieder von dir hören würde.«

Sie sah toll aus. Sie war so schön. Genauso wie Schwule aussehen, wenn sie die Straße entlanggehen und sich zur Schau stellen, cool und bereit für eine Umarmung.

»Ich denke, du kannst reinkommen.«

Wir setzten uns an den Küchentisch. Ich konnte eine überreife Mango riechen, die in der Hitze verfaulte, vermischt mit dem warmen Geruch von Abfall, dem Duft von Charlottes

Müll. Sie wirkte an diesem Tag richtig modisch und adrett. Beinahe unberührt, wie die Bibliothekarin früher in der Werbung. Wenn sie mit 'Breck' wäscht, verwandelt sie sich in ein Revuegirl. Charlotte hatte so eine alberne Schickimicki-Hornbrille auf der Nasenspitze, und dazu einen schwarzen Haarschopf, der ihr in die Stirn fiel. Ihre Augen waren tanzende Schwärze.

»Wie sieht's aus, Charlotte?«

»Es sieht so aus, wie der Maharishi gesagt hat. 'Der Sinn des Lebens ist die Verbreitung des Glücks.' Das ist alles.«

Wir saßen eine Weile still da. Ich brach das Schweigen.

»Weißt du, was ich herausgefunden habe? Ich hab herausgefunden, daß du Punkette doch nicht umgebracht hast.«

Kaum hatte ich das gesagt, war ich mir schon nicht mehr so sicher.

»Stimmt's?«

»Ja, ich hab sie nicht umgebracht.«

Charlotte war meine Phantasiegestalt, deshalb konnte ich alles in Ordnung bringen.

»Und du bist auch keine Drogensüchtige. Du probierst nur ab und zu ganz gern ein bißchen. Außerdem magst du mich gern. Du hast nicht bloß versucht, mich einzuschüchtern oder Informationen zu bekommen. Das stimmt, nicht wahr?«

»Stimmt.«

»Du bist nur eine ganz gewöhnliche Lügnerin.«

»Ich lüge die ganze Zeit«, sagte sie.

Sie nahm die Mango in ihre rechte Hand und biß in ihre Schale. Dann zog sie mit den Zähnen einen Streifen ab. Die ganze Welt roch nach Mango. Der Saft tropfte auf den Tisch, und als Charlotte etwas davon wegwischte, hinterließ sie klebrige Mango-Fingerabdrücke, die ich anschauen und bewundern konnte.

»Ich lüge ständig. Wenn das stimmt, dann ist das, was ich gerade gesagt habe, auch eine Lüge, und das macht es wahrer, als eine Tatsache normalerweise sein kann.«

»Danke, Charlotte. Ich hatte Angst davor, das alles anzusprechen, aber ich mußte das zwischen uns ins Reine bringen. Jetzt können wir wirklich Freundinnen sein. Meinst du nicht? Jetzt, wo alles raus ist.«

»Klar doch.«

Sie schlürfte die Mango und entwirrte die Fruchtfasern, die sich zwischen ihren Zähnen und dem großen, haarigen Stein verfangen hatten.

»Eine Frage noch.« Ich holte tief Luft, denn mein Herz pochte wie wild bei dieser Frage. Es war die schwierigste überhaupt.

»Charlotte, wessen Wohnung ist das hier wirklich? Punkette sagte, es sei deine, und du sagst, es sei deine, aber Beatriz hat gesagt, es sei ihre. Ich meine, jetzt mal ehrlich, wessen Wohnung ist es denn nun eigentlich?«

»Es ist meine«, sagte sie. »Beatriz hat eine Wohnung etwas außerhalb der Stadt.«

Dann lachte sie, aber es war kein glückliches Lachen. Es klang ungewöhnlich gepreßt. Sie blickte auf ihre Fingernägel, und ich konnte zum ersten Mal sehen, daß sie sich unbehaglich fühlte. Sie wußte nicht, was sie als nächstes tun sollte. Das hatte ich ganz und gar nicht gewollt. Mir gefiel es, wenn sie obenauf war. Es ließ sie erstrahlen. Es machte etwas ganz Besonderes aus ihr. Manche Frauen mußt du erst einmal aus der Reserve locken, um an sie heranzukommen, aber Charlotte gehörte zu denen, die abschalten, wenn du sie zu durchschauen beginnst. Es machte ihr dann keinen Spaß mehr. Also versuchte ich, ihre Mißstimmung aufzuheben. Ich wollte alles zurücknehmen, damit sie wieder ihren Spaß haben konnte, aber ganz andere Gedanken rumorten in mir und krochen in mir hoch. Sie gewannen die Oberhand, bevor ich auch nur den Versuch machen konnte, sie zu unterdrücken. Ich fühlte Wut in mir aufsteigen. Ich weiß nicht, warum, aber zum ersten Mal wollte ich ihr wirklich weh tun.

»Du bist also keine Mörderin und keine Drogenabhängige,

du bist bloß schlecht und eine Lügnerin, und trotzdem lieb' ich dich.«

Ich wollte, daß sie mich bremste. Ich wollte großzügig sein statt rachsüchtig. Ich wollte sagen: »Ich hab dich gern«, ohne gleichzeitig zu versuchen, ihr weh zu tun. Ich wollte beweisen, daß wir beide besser waren als Delores.

An dieser Stelle begannen sich die Ereignisse zu überschlagen. Die Zeit lief so schnell, daß sie – obwohl es eine Abfolge gab –, dreidimensional statt chronologisch war. Alles geschah gleichzeitig. Ich bin mir nicht ganz sicher, ob die Zeit schneller abzulaufen begann, noch während ich redete, oder direkt nachdem ich gesagt hatte: »Trotzdem lieb' ich dich.« Aber irgendwo zwischen dem *dich* und dem Punkt am Ende des Satzes kam Daniel in die Wohnung, und er schwitzte. Ich hatte Zeit, ihn zu riechen, bevor ich ihn richtig wahrnahm, doch ich weiß nicht mehr genau, wann das war. Ich glaube aber, ich bemerkte, daß er schwitzte, bevor er »du Fotze« sagte, und mir fiel auf, wie ähnlich er Beatriz sah.

»Du Fotze, du hast mich beklaut.«

Er hielt einen Revolver in seiner rechten Hand, aber den sah ich zuerst nicht, weil ich Charlotte anschaute.

»Das hier ist kein Spiel«, sagte er. »Das hier ist echt.«

Sie hatte keine Chance, viel zu sagen, doch sie öffnete den Mund. Da bin ich mir sicher. Ich sah, wie sie den Mund öffnete, aber es ging alles so schnell, daß ich nicht weiß, ob sie ihn öffnete, um mir zu antworten oder um ihm zu antworten. Ich war mir nicht sicher, in welchem Moment sie war. Später fiel mir ein, daß sie möglicherweise gar nicht in meinem oder in Daniels Moment gewesen war, sondern vielleicht einfach in ihrem eigenen, wie gewöhnlich. Vielleicht wollte sie gerade gegen Daniels Vorwurf protestieren, sie habe zur falschen Zeit in seine Geldbestände gegriffen, oder vielleicht wandte sie sich beschämt zur Seite, als er sagte: »Und was ist mit dem Mädchen, Charlotte? Wie? Was ist mit der Kleinen?«

Vielleicht wollte sie, daß ich sie verteidigte, daß ich Daniel sagte, ein Mann habe es getan, der Mann auf dem Anrufbeantworter. Oder vielleicht wollte sie mir sagen, daß ich gehen oder sie nicht mehr lieben sollte. Daß es nicht der Mühe wert sei. Vielleicht öffnete Charlotte auch nur den Mund, um sich zu strecken.

Daniels Kugel traf sie, während sie ihren Mund öffnete. Sie streifte sie seitlich am Kopf, aber der Mund blieb offen, und sie rollte die Augen nach beiden Seiten, hinter dieser braunen Brille. Sie machte eine klassische komische Geste, wie Blanche aus den 'Golden Girls' sie machte, wenn sie in Schwierigkeiten steckte. An dieser Stelle wurde dann immer lautes Publikumsgelächter eingeblendet. Dann legte Charlotte ihr Gesicht neben den Mangoschalen auf den Tisch, weil sie dachte, sie habe einen Kopfschuß abbekommen und überall sei ihr Blut.

Das Merkwürdigste an der ganzen Situation war für mich, daß ich überhaupt nicht mehr nachvollziehen konnte, was eigentlich passiert war. So hatte ich in diesem Moment auch keine Zeit, irgend etwas beim Anblick des Blutes aus Charlottes Gesicht zu empfinden; das dritte Mal Blut in diesem Sommer, das zweite Mal, daß ich in dieser Woche Blut gesehen hatte. Ich spürte noch immer das Körnchen Ärger aus unserem Gespräch und staunte ein wenig darüber, daß ich es ausgedrückt hatte, indem ich sagte: »Trotzdem lieb' ich dich.« Ich könnte schwören, daß es dieses Gefühl war, das mich in meine Tasche greifen und Priscillas Revolver herausziehen ließ. Ich hatte ihn so oft in der Hand gehalten, gestreichelt und damit posiert, daß er sich ganz vertraut anfühlte, als ich ihn mit den Fingern umklammerte. Dann richtete ich ihn auf Daniels Gesicht. Unter all den Gesichtern, die ich mir am anderen Ende dieses Revolverlaufs vorgestellt hatte, war sein Gesicht eindeutig das falsche, aber der Gang der Dinge hatte mich an diesen Ort gebracht, und es gab kein Zurück mehr.

Ich spürte einen furchtbaren Knall. Nicht sehr laut, aber kompakt und kraftvoll. Ich schmeckte den Knall in der Luft und merkte dann, daß er nicht von mir ausgegangen war. Er kam von Beatriz, die auf den Himmel zielte. Ich wußte, daß ich imstande war, wen zu töten, aber nur die richtige Person; die, die es am meisten verdiente. Ich mußte nur herausfinden, wer das war.

Beatriz trat durch die Schlafzimmertür und gab Daniel einen Klaps auf die Hand, als wäre er sieben. Sein Revolver fiel zu Boden und wirbelte herum, und wir alle sahen zu, wie er durch den winzigen Raum rutschte. Mein Revolver war noch immer auf Daniels Gesicht gerichtet, aber Beatriz kümmerte sich nicht darum. Sie hielt ihren eigenen Revolver fest und hob seinen vom Boden auf. Dann, in jeder Hand einen Revolver, schoß sie gegen die Wände und die Decke, bis sie nichts mehr abfeuern konnte und bis der ohnehin schon rissige Putz abbröckelte und du das modrige Holz darunter sehen konntest, das das Gebäude zusammenhielt. Daniel stand da, umgeben von Verputzbrocken. Ich ebenfalls. Charlotte saß mit blutdurchweichtem Hemdkragen da. Es war, als könnte niemand von uns akzeptieren, was gerade geschehen war, und so warteten wir alle darauf, daß es vorbeiging. Doch der Raum roch bitter. Er würde nie mehr so riechen wie früher.

Ich hatte die notwendigen Bewegungen eingeleitet, um Daniel ins Gesicht zu schießen, obwohl er, so wie die Dinge lagen, eindeutig nicht der war, der es am meisten verdiente. Ich hatte mitten in einem Gedanken auf ihn schießen wollen, der niemals zu Ende gedacht worden wäre, wenn ich Erfolg gehabt hätte.

Das Gesicht ist alles. Wenn du jemanden zerstören willst, so tust du das, indem du das Gesicht zerstörst. Dort kommen alle Lügen her. Es ist das, woran du dich bei Menschen in erster Linie erinnerst. Kein Körperteil kann grausamer und dümmer sein als das Gesicht.

Beatriz' Gesicht war vor Wut versteinert und es gab darin keinen Platz für Erstaunen. Dann drehte sie sich zu Daniel um, und all das verblaßte und verwandelte sich in die Angst aller Eltern – die Angst davor, ihre eigenen Kinder zu begraben.

»Ich hab jeden Tag nachgeschaut, ob du Einstichspuren auf dem Arm hast«, sagte sie.

»Die Jugendlichen fixen heute nicht mehr so viel, Beatriz«, sagte ich. »Sie rauchen jetzt alle Koks.«

»Und du«, sagte sie und zeigte auf Charlotte, die in ihrer Blutlache dasaß, unfähig zu entscheiden, was sie in dieser Lage tun sollte. »Du verläßt meine Wohnung und kommst nie mehr zurück.«

»Deine Wohnung?« sagte Charlotte plötzlich, als hätte sie nichts Besseres zu tun, als empört zu sein. »Das hier ist meine Wohnung.«

Oh Gott, sie wußten nicht mal selbst, wer eigentlich dort wohnte.

27

Erst als die Sonne aufging, wurde mir bewußt, daß ich die ganze Nacht aufgeblieben und herumgelaufen war und mich dann in verschiedenen Kneipen niedergelassen hatte. Irgendwann während dieser Zeit betrank ich mich, und ein anderes Mal regnete es. Daran erinnere ich mich am besten, an den Regen. Zuerst fiel er sanft auf mich herab wie Küsse, und dann fing er in gleichmäßigem und beruhigendem Ton zu singen an. Er sorgte dafür, daß ich etwas zu tun hatte, nämlich ihm zuzuhören, und daß ich mich in ihm verstecken konnte. Dann kamen Tausende von Tropfen gleichzeitig, und sie begannen zu rauschen, aber ich wollte nicht weggehen, denn der Regen grenzte meine beiden Welten voneinander ab: meine Äußere, die sich dem Regen stellte, und meine Innere, die warm und in Sicherheit blieb. Ich wartete im Regen, weil der mich wissen ließ, daß in meinem Innern noch etwas lebte; etwas, das nicht zerstört worden war.

»Wo zur Hölle bist du gewesen?« zischte mir Dino zu, als

ich in Herbie's Coffee Shop kam und mich hinter die Theke stellte.

»Was?«

»Du bist ja völlig verdreckt. Komm hier rüber.«

Er zerrte mich in die Spülküche, als wäre ich ein unartiges Schulmädchen, und ließ das Wasser laufen. »Mist, dein ganzes Hemd ist vollgekotzt. Wo bist du gewesen? Na, egal. Hier.«

Er hielt meinen Kopf unter das warme Wasser, das aus einem dieser riesigen Industrie-Wasserhähne lief, und drückte mir ein weißes T-Shirt in die Hand.

»Jetzt zieh dich um und kämm dir die Haare. Hier, nimm das.« Er gab mir seinen rot-grün-schwarzen Afro-Kamm. »Menschenskind, jetzt setz dich erst mal hin und trink eine Tasse Kaffee.«

Ich warf mein Hemd in den Abfall, saß in Dinos großem T-Shirt da und trank die Tasse schwarzen Kaffee, die er vor mich hinstellte. Die Lichter waren so grell, daß du alles sehen konntest, was an diesem Lokal verkehrt und ekelhaft war.

»Ist dir klar, daß du ein paar Tage nicht zur Arbeit erschienen bist und deinen gottverdammten Job verloren hast? Oder bist du in besserer Verfassung, als ich denke?«

In diesem Moment kam eine neue Kellnerin vorbeigeschwirrt. Sie war alt und hatte ihr Haar silbern gefärbt und so mit Haarspray zugekleistert, daß es kaum noch wie Haar aussah.

»Das ist das Klatschmaul«, sagte Dino, während er an einem Zahnstocher kaute. »Die haben sie eingestellt, als du nicht aufgekreuzt bist. Sie geht immer zu Momma rüber und sagt: 'Dino hat die Cracker weggeworfen', dabei hab ich das nur gemacht, weil die Mäuse sich durchs Zellophan geknabbert hatten. Du wartest jetzt hier, bis ich Feierabend habe, und dann nehm' ich dich mit zu einem Treffen.«

Ich saß ein paar Stunden im »Herbie's«, bis Dino fertig war. Das Klatschmaul kam dauernd und fragte, ob ich etwas wollte, und war schnippisch, weil ich einen Tisch besetzt hielt. Jedesmal, wenn ich nein sagte, gackerte sie.

»Laß sie einfach in Ruhe«, sagte Dino zu ihr. »Für das Mädel bin ich verantwortlich.«

Ich beobachtete Frau Klatschmaul den ganzen Nachmittag lang. Ich ließ sie nicht aus den Augen. Sie war eine miserable Kellnerin, denn sie war gegenüber allen, mit denen sie zusammenarbeitete, unhöflich. Wenn sie an dem Jungen vorbeiging, der die Tische abräumte, sagte sie nie "Verzeihung", sondern nur "Paß auf deinen Rücken auf". Wenn die Gäste sie fragten, was für Suppe es gab, sagte sie: "Sehen Sie doch auf der Speisekarte nach." Bei alldem gackerte sie die ganze Zeit herum und lief von Zeit zu Zeit zu Momma, um zu petzen.

Dino und ich gingen nach der Arbeit stadtauswärts. Wir waren noch nie außerhalb vom "Herbie's" zusammen gewesen, und es war lustig, ihn ohne seine Arbeitsuniform zu sehen. Ich würde sagen, im Sonnenlicht wirkte Dino jetzt wie ein cooler, älterer schwarzer Herr. Er hatte weiche grüne Hosen an, eng um den Hintern herum, und doppeltgestrickte Socken, unten mit einem kleinen Emblem über seinen zweifarbigen Schuhen. Er trug einen hellbraunen Pullover mit V-Ausschnitt, eine kleine hellbraune Mütze und jede Menge Schmuck um den Hals. Er hatte einen dünnen Schnurrbart, der irgendwie flott aussah, und an seiner rechten Hand steckte ein goldener Ring.

»Die Sache mit dem Trinken«, sagte er, »alles dreht sich dabei um die zwölf Schritte. Es geht darum, eine höhere Macht anzuerkennen, ganz gleich, was man darunter versteht.«

Ab und zu sahen uns Leute an, während wir so dahergingen. Wir waren wohl ein gemischtrassiges Paar.

»Ich bin über sechzig Jahre alt«, sagte Dino. »Ich wachte eines Morgens auf, sah mich um und erkannte, daß Amerika das Land der unbegrenzten Möglichkeiten ist und daß ein cleverer Mann wie ich es eigentlich schaffen müßte, gutes Geld zu machen. Also hörte ich als erstes damit auf, Drogen zu nehmen und zu trinken. Seit der Zeit habe ich einen Wohnwagen in North Carolina, mit Parabolantenne und allem. Ich hab dort eine Frau und meinen Sohn. Ich hab noch einen anderen Sohn in Detroit, und für den sorge ich auch.«

Jetzt lächelte er, als läge ihm die Welt zu Füßen, als kenne er den Weg und als mache es ihm Freude, mir alles darüber zu erzählen.

»Ich nehme meine Sorgen nicht mit nach Hause. Ich gehe zu den Treffen der Anonymen Alkoholiker, zu ihren Bällen, ins Kino. Aber ich passe auf, daß ich, wenn ich abends allein in meine Wohnung komme, keine Probleme mit heimbringe, sonst schleichen sie sich von hinten an einen heran und machen sich breit.«

Ich sah Dino dreimal die Woche. Ich war keine Frau, die er auf einer Party beeindrucken konnte. Ich sah, wie langweilig und hart sein Job war, und wie wenig er verdiente. Ich sah ihn müde und frustriert hinausstolpern, und manchmal hing er noch lange im Restaurant herum, als hätte er sonst keinen Ort, wo er hingehen konnte.

»Das hier ist das Treffen, das ich am liebsten mag«, sagte er. »Es ist nicht bei mir in der Nähe, aber der weitere Weg lohnt sich.«

Das Untergeschoß der Kirche in Chelsea war voll. Es waren vielleicht hundertfünfzig Leute da, und es war noch nicht mal Essenszeit. Viele von ihnen waren schwarze Männer.

»Deshalb mag ich das hier«, sagte Dino.

Es gab alle Arten von schwarzen Männern, die du dir nur vorstellen konntest. Da waren stille Schwule mit schlanken Körpern, junge Rabauken mit wildem Haar, alte, niveauvolle Intellektuelle, Geschäftsleute, dickbäuchig in ihren Anzügen, jüngere Künstler, die versuchten, vom Alkohol wegzukommen, und ein ganzer Trupp Stadtstreicher, die kettenrauchend an der Kaffeemaschine standen und sich gegenseitig um Zigaretten baten. Es gab auch eine Handvoll schwarze Yuppies mit ihrem chemisch gereinigten Blabla und Burschen wie Dino.

Jemand redete. Als er fertig war, holten alle tief Luft, und dann hoben viele Leute die Hand.

»Mein Name ist Tom, und ich bin Alkoholiker und drogenabhängig«, sagte ein gutaussehender junger Mann mit der Selbstbeherrschung eines Schauspielers und mit durchdringender Stimme.

Dann sagten alle monoton im Chor »Hi, Tom«, und dann sagte er »Hi«.

Tom begann darüber zu reden, daß er an diesem Morgen drauf und dran gewesen war, alles hinzuschmeißen, und wie leicht es ihm gefallen wäre. Als er fertig war, hoben wieder alle die Hand, und ein anderer Mann fing an zu reden.

»Mein Name ist Jeff, und ich bin Alkoholiker.«

Jeff war ein aufgeschwemmter, unangenehm aussehender Kerl mit dicken Brillengläsern und Essensflecken auf seinem Hemd, ein typischer Eierkopf.

»Hi, Jeff.«

»Hi.«

Jeff redete darüber, was seine Frau am Tag davor zu ihm gesagt hatte, das ihn wieder zum Trinken trieb, und wieviel Streß er bei seinem Job hatte. Es klang bei allen so ähnlich; sie waren einsam oder gestreßt oder hatten keinen Schlafplatz oder ein schlechtes Gedächtnis. Was es auch war, sie alle sprachen darüber und nannten ihren Namen, und jeder sagte »Hi«, und alle hatten einen Grund, warum sie sich kaputtmachen wollten und warum sie es zuließen oder nicht. Doch nachdem mir klargeworden war, wie die ganze Sache ablief, merkte ich auch, worin der Unterschied zwischen ihnen und mir bestand. Sie wollten aufhören und ich nicht. Daraufhin verlor ich sehr schnell das Interesse. Ich hörte also nicht mehr genau zu, was jeder von ihnen im einzelnen sagte, und war mehr damit beschäftigt, die Atmosphäre wahrzunehmen – zum Beispiel, daß alle redeten, solange sie das Bedürfnis danach hatten. Selbst wenn sie anfingen, unzusammenhängendes Zeug zu erzählen, unterbrach sie niemand. Manchmal wurde es wirklich langweilig, aber niemand sah gelangweilt aus. Ich ließ meine Augen zwischen den Yuppies und den Stadtstreichern hin- und herwandern. Ich wurde das Gefühl nicht los, daß die Geschäftsleute zum Teil für die Probleme der Penner verantwortlich waren. Aber es gab keine Feindseligkeit zwischen ihnen. Alle waren mit ihrem eigenen persönlichen Kram beschäftigt. Da saßen sie nun im selben Raum und redeten über das gleiche Thema, nur mit dem Unterschied, daß die, die Arbeit hatten, ihren Kaffee in kleinen Bechern aus dem Feinkostladen mitbrachten, während die Stadtstreicher den Kaffee tranken, der von den Anonymen Alkoholikern bereitgestellt wurde.

Ich lehnte mich zurück und entspannte mich inmitten der Stimmen, als ein Weißer hinter mir zu sprechen anfing. Ich achtete zuerst nicht darauf, aber ich hörte an seiner Stimme, daß er ein Weißer war. Es war an seiner Aussprache und den kleinen Lauten, die er zwischen den Wörtern ausstieß, zu merken. Er wurde immer nervöser, während er redete; er räusperte sich zu oft und nuschelte. Dann muß er sich auf seinem Stuhl nach vorn gebeugt haben, denn plötzlich spürte ich seinen schweren Atem in meinem Nacken und hatte das Gefühl, daß etwas nicht stimmte. Etwas in seiner Stimme verkrampfte mir den Magen, bevor mir klarwerden konnte, was es war. Ich glaube, mein Magen hörte ihn vor meinem Kopf.

Er habe Probleme mit seiner Geliebten, sagte er zwischen Husten und anderen störenden Geräuschen. Sie wollte ihn nicht mehr sehen und lief ihm davon, ohne Abschiedsbrief, nichts. Er wisse aber, wo sie jetzt sei, und versuche die ganze Zeit, mit ihr Kontakt aufzunehmen.

»Sie soll doch nur mit mir reden«, sagte er. »Nur mit mir reden.«

Bei der Art und Weise, wie er das »nur mit mir reden« wiederholte, krümmte sich mein Rückgrat zusammen. Er wiederholte es bei den Anonymen Alkoholikern genauso, wie er es auf dem Band in dem Anrufbeantworter wiederholt hatte, der bei mir im Wohnzimmer auf dem Fußboden stand.

Ein ungewohnte Ruhe kam über mich, so in der Art, wie du

es in Büchern liest, wenn die Leute einen Berggipfel erreichen oder sich vor den Soldaten verstecken oder einen geliebten Menschen für immer weggehen sehen. Hinter mir saß derselbe Mann, der seine Hände um den Hals meiner Punkette gelegt und ihr das Genick gebrochen hatte. Es war der Mann, der ihren schlaffen, leichten Körper an den Mietskasernen vorbeigetragen hatte und ihn auf die schleimige, glänzende Wasseroberfläche hinter dem East River Drive aufklatschen hörte. Es war der Mann, dessen Stimme sich auf einer Tonbandspule in einem Kasten in meiner Wohnung befand.

In meinem Kopf war das Tosen eines Wasserfalls, der auf die Felsen prasselt, wie ein Schlagzeugsolo oder ein Salut aus vierzig Maschinengewehren. Da drehte ich mich um und sah sein langes Haar, seinen David-Crosby-Schnurrbart und seine Lederjacke mit den verschlissenen Fransen. Es war der Nachbar aus Charlottes Haus. Der Taxifahrer, an dessen Tür du einen Stromschlag versetzt bekamst, was die Junkies fernhalten sollte. Es war genau dieser Mann.

28

Ich ging zur Kaffeemaschine rüber, um besser sehen zu können. Der Mörder hatte keinen Hals. Er war aufgedunsen und wabblig. Als er sich umdrehte, konnte ich sehen, daß sein Schnurrbart rot und voller Spucke war. Dann unterzog ich ihn einer flüchtigen Betrachtung, einigermaßen ungläubig, weil ich auf meiner Suche nach diesem Mann viel zu weit gegangen war.

Ich goß mir eine Tasse Kaffee ein. Er war bitter. Ich gab zwei Löffel voll Kaffeeweißer und drei Stück Zucker dazu. Irgend so ein Kerl hing bei der Kaffeemaschine herum, still, aber eindeutig etwas daneben. Er redete in gedämpftem Ton vor sich hin, ohne daß ich ihn dazu ermutigt hätte.

»Ich hab einen Joint geraucht und Kopfschmerzen bekommen«, sagte er. »Seit Samstag bin ich total down. Ich hab so für fünf Dollar reingebaut. Fünf-Dollar-Kopfschmerzen.«

Ich bemerkte, daß mich Dino von seinem Platz aus beobachtete. Er blickte breit grinsend zu mir herüber, überzeugt, seine Pflicht getan zu haben, indem er mich an eine wirklich gute Sache heranführte.

»Ich rauche jetzt seit 1964, und ich hab noch nie Kopfschmerzen gekriegt. Das sind die aus Trinidad, die pfuschen mit dem Marijuana herum und tun Vogelfutter rein.«

Dino winkte mir zu. Ich lächelte und winkte zurück. David Crosby sah auf die Uhr. Seine Augen waren strahlend blau. Er war ein blauäugiger kleiner Junge.

»Früher, als das Geschäft noch in den Händen von schwarzen Brüdern war, da bekam man überall in Harlem das gleiche zu rauchen, egal, wo man hinging. Kein verrücktes Zeug in den Tüten, damals. Keine Kopfschmerzen.«

Crosby wandte sich zum Gehen. Er fuhr sich mit seinen großen Händen durch seine fettigen Haare, und schon war er zur Tür hinaus. Ich blieb direkt hinter ihm. Ich verabschiedete mich nicht von Dino und gar nichts.

Draußen war der Himmel so blau, wie er es nur bei Sonnenuntergang im Frühsommer ist. Ab und zu gibt es Tage, an denen du von dem Moment an draußen stehst, wo die Sonne zu sinken beginnt, bis nach Stunden voller Bier und Sommergespräche der Abend zur Nacht geworden ist und sich diese Farbe in ein Mitternachtsblau verwandelt hat. Das Mitternachtsblau mußt du aufmerksam betrachten, wenn du das Blau wahrnehmen willst. Wenn du nicht richtig hinschaust, erscheint es schwarz.

Ich hatte ihn drei Blocks weit verfolgt, als mir auffiel, daß ich bei Nacht besser hinhöre und deshalb auch mehr wahrnehme. Tagsüber haben bei mir die Augen Vorrang vor den Ohren. Wir hörten einen Geräuschteppich aus Motorenlärm, Plüsch mit Hupen. Dies wurde von Stimmen überlagert, und dazwischen waren Radios. Dann setzte er sich hinters Steuer seines Taxis. Ich trat auf die Straße hinaus und winkte mir auch eins herbei.

»Entschuldigung. Sehen Sie das Taxi da vor uns? Könnten Sie ihm folgen, egal wo es hinfährt. Danke.«

»Okay«, sagte der Israeli hinter dem Lenkrad. Er hatte einen Playboy-Aufkleber auf der Windschutzscheibe.

Das Tolle an einem Taxi ist, daß du dich in die Ledersitze zurücklehnst wie ein Filmstar, und statt ein Teil der Straße und des Lebens in der Stadt zu sein, siehst du nur zu. Du kommst mit nichts in Berührung. Die einzigen Geräusche sind das Sirenengeheul und die schrillen Klingeln der Radfahrer, wenn du ihnen im Weg bist. Dann parkte David Crosby vor seinem und Charlottes und Beatriz' und Daniels Gebäude und ging ins Treppenhaus hinein.

Was als persönliche Katastrophe in meinem Innern begonnen hatte, nahm so konsequent seinen Lauf, daß auch um mich herum alles in Trümmern lag. Verwirrung und Gewalt kennzeichneten die Welt, in der ich lebte, genauso wie die Welt in meinem Innern.

Ich nahm den Revolver mit dem Perlmuttgriff aus meiner Tasche und preßte ihn zwischen meine Hände. Ich drückte ihn an mein Herz und auf meine Brüste, ganz fest, bis meine Brustwarze gegen den Knochen gequetscht wurde. Ich steckte ihn mir zwischen die Beine und in meinen Mund, an jede meiner verborgenen Stellen. Ich rieb damit über mein Gesicht, drückte seinen Lauf in meine Wangen, reinigte den Abzug mit meiner Zunge. Dann war ich soweit. Die baufällige Treppe hinauf, zuerst langsam, und dann schnell, ohne Angst, stampfend, stolpernd, im Eilschritt den übelriechenden Flur entlang. Ich trommelte gegen die Tür, zuerst mit den Fäusten, meine rechte Hand schon wund von Sunshines Gesicht, dann trat ich dagegen, bis auch meine Füße versagten. Also warf ich meinen ganzen Körper dagegen, immer wieder, denn ich war der einzige Mensch in dieser verkorksten Stadt, der Gerechtigkeit wollte und entschlossen war, sie zu bekommen.

Ich brodelte in meinem eigenen Schweiß. Ich tanzte in meinem eigenen Blut. Ich keuchte erschöpft, auf der Suche nach einer Lösung innerhalb der Grenzen meines Körpers, als ich sah, wie mich eins seiner blauen Augen durch den Spion hindurch anschaute. Das Auge war blutunterlaufen und verängstigt, als hätte er auf dem ganzen Heimweg von den Anonymen Alkoholikern geweint. Es war ein einzelnes Auge, zusammenhanglos und ohne Zweck. Ich steckte die Mündung von Priscilla Presleys Pistole durch das Guckloch, und dann drückte ich ab. Ich hörte ein scheußliches Jaulen, als würde ein Schwein geschlachtet. Dann begann die Tür zu wackeln. Sie fing an zu beben, und ich fing an, durch die Stromstöße zu beben. Ich hielt den Revolver fest. Ich konnte nicht loslassen. Elektrizität peitschte durch ihn hindurch und durch meinen Körper, nahm mich in Besitz, machte mich zu einem Teil des Revolvers, einem Teil der Tür, einem Teil dieses verrottenden Mietshauses. Der Revolver steckte in der Tür, während ich mich schüttelte und heulte wie der nutzlose Rumpf einer ausrangierten Maschine. Wie ein Stück Abfall. Da kam Beatriz von hinten zu mir, zog mich von der Tür weg, löste meine Hände gewaltsam von dem Revolver, der wie ich krachend zu Boden fiel. Ich durchlief noch einmal physisch den Weg der Frau, die ich seelisch in den letzten vier Monaten gewesen war. Es begann mit einer verschneiten Nacht im März, als ich von einer kostümierten Frau eine Waffe bekommen hatte, und artete in dieses heiße Erbrochene aus, das sich Ende Juli nennt, wenn alles in New York City in Verwesung übergeht. Es war ein ganz tauber Schmerz. Es war eine gefühllose Wunde, die mir eine fremde Macht zugefügt hatte, die stärker war als ich selbst, und die mich nach Belieben beherrschen konnte. Ich sah Beatriz an, aber sie betrachtete das Rinnsal aus blutigem Schleim, das aus dem Einschußloch in der Tür sikkerte und sich neben meinem Gesicht auf dem Boden sammelte.

»Ich hab ihn erledigt«, sagte ich zu Beatriz. Doch ich bewegte mich nicht vom Boden weg. Ich war völlig erschöpft. Sein Blut war auf meinem Hemdkragen. »Ich hab den Kerl erledigt, der Punkette umgebracht hat. Ich habe alles in Ordnung gebracht. Ich mußte leiden, aber ich hab niemals aufgegeben, und jetzt hab ich gewonnen, hörst du? Ein verdammter Triumph. Ich hab gewonnen.«

»Wovon reden Sie?« fragte Beatriz. »Sie haben das doch nicht alles durchgemacht, um irgendeinen Mann zu finden. Sie sind einfach nur ein einsamer Mensch, der absolut nichts Besseres zu tun hatte. Machen Sie sich nichts vor.«

»Ich soll mir nichts vormachen? Sie müssen gerade reden.« Dann erinnerte ich mich an das, was wirklich wichtig war. »Wo ist Charlotte?«

»Sie schläft.«

»Also, Charlotte ist eine verdammte Lügnerin, da wir gerade davon reden, daß sich jemand etwas vormacht. Nichts von dem, was sie mir über Sie erzählt hat, stimmte.«

»Das hat sie richtig gemacht«, sagte Beatriz. »Warum sollte sie Ihnen überhaupt etwas über uns erzählen? Das ist Privatsache. Warum sollte ich Ihnen etwas erzählen? Ich kenne Sie ja nicht mal.«

Ich ließ meinen Kopf zurückfallen, als hätte sie mich ins Gesicht getreten, und schlug gegen den blutigen Türsockel.

»Alles in Ordnung?« fragte Beatriz, ohne nachzudenken.

Ich sagte nichts. Ich war nicht mal anwesend. Ich war eine vorbeiflutende Empfindung. Ein Meer.

»Vergessen Sie's«, sagte Beatriz, angewidert von ihrer eigenen zärtlichen Anwandlung. »Ich werde mich nicht um Sie kümmern. Jetzt hauen Sie ab hier, bevor die Polizei kommt, dann wird endlich Gras über alles wachsen.« Und sie ging zurück in ihre Wohnung.

29

Ich gönnte mir drei Tage Schlaf. Während dieser Zeit kam kein Polizist an meine Tür, um mich ins Gefängnis zu bringen. Ich hatte keine schlechten Träume. Niemand rief bei mir an, um mir Fragen zu stellen. Es gab keinerlei Nachspiel. Ein Mann hatte die Grenzen des zulässigen menschlichen Verhaltens überschritten, und soweit Rache überhaupt möglich ist, war sein Verbrechen jetzt, wie die Dinge lagen, ausgeglichen, indem ich ihn getötet hatte. Damit war ein Problem gelöst – der Tod Punkettes. Es blieben noch viele, viele andere Probleme, und ich besaß weder die Energie noch die Fähigkeit, weiterhin zu versuchen, sie zu lösen. Ich konnte sie nur ignorieren. Ich war keine zufriedene Frau. Ich war nur ruhig. Und so setzte ich mich, nachdem ich diesmal noch ungeschoren davongekommen war, am vierten Tag hin und rief Herbie an, um ihn zu bitten, mich wieder als Kellnerin bei sich arbeiten zu lassen. Es schien keine Alternative zu geben. Inzwischen war es früher Montagmorgen, und er sagte, ich solle ihn am Dienstagnachmittag nochmal anrufen, um seine endgültige Antwort zu hören. Also ging ich in den Park, um zu warten.

Kaum war ich dort angekommen, sah ich Coco, die nach jemandem Ausschau hielt. Ich hatte das Gefühl, daß sie mich suchte. Ich stellte mich also einfach hin, wich ihr nicht aus, lief ihr aber auch nicht entgegen, bis wir schließlich doch nebeneinander standen und die Graffiti auf dem Musikpavillion und die Obdachlosen anstarrten, die vor dem Pavillion lebten.

»Hast du Zeitung gelesen?« fragte sie.

»Nein«, sagte ich. »Haben die Yankees endlich mal gewonnen?«

»Nein«, sagte sie. »Sie haben wieder verloren.«

»Typisch«, sagte ich.

»Irgendso 'nem Typ in der Third Street haben sie ins Gesicht geschossen. Sie haben ihm das Gesicht weggepustet.«

Wir sahen uns kein einziges Mal an. Wir schauten uns beide um.

»Ach ja?«

»Ich hatte das Gefühl, es könnte wichtig für dich sein. Ich weiß, daß du nur Zeitung liest, wenn du bei der Arbeit bist.«

»Es ist wichtig«, sagte ich. »Danke.«

Dann warteten wir beide.

»Hör mal«, sagte sie.

Coco begann ihre Sätze in einem Gespräch sehr oft mit »schau mal« oder »hör mal«.

»Schau mal, ich mag dich immer noch gern. Es ist nur so, daß du zu traurig gewesen bist, und manchmal ist es schwer, damit klarzukommen, okay?«

»Okay«, sagte ich. »Ich kauf' dir neue Farben, sobald ich anfange zu arbeiten.«

Ich schwieg, und Coco war ziemlich verlegen, deshalb sagte sie: »Hör mal, ich muß jetzt gehen. Ich hab um zehn einen Termin, Schneiden und Färben. Aber wir sehen uns später. Ich hab eine neue Geschichte, in der es darum geht, wie zwei in der Toilette vom Waldorf-Astoria bei einem Maskenball miteinander schlafen. Stell dir mal vor, wie voll die Damentoilette gewesen sein muß.«

Ich sah ihr nach, wie sie den Park verließ und die Straße entlangging. Du konntest sie in der Menge nur schwer aus den Augen verlieren, denn ihr Haar war an diesem Tag kanariengelb mit hellgrünen Strähnen. Ich hörte auf, ihr hinterherzublicken, als ich sie gerade noch erkennen konnte; wenn du nämlich Leuten nachschaust, bis du sie nicht mehr sehen kannst, werden sie niemals zurückkommen. Das ist Aberglaube, aber vielleicht stimmt es ja.

Ich ging zu dem polnischen Kiosk gegenüber vom Park und holte mir eine Zeitung und einen Becher Kaffee. Daniel lehnte an einer Parkuhr; er hatte eine Baseballmütze verkehrt herum auf und trug seinen Namen in großen Buchstaben um den Hals.

»Seite elf«, sagte er.

»Wie geht's?« fragte ich.

»Wie immer.«

Ich begann zu blättern.

»Wie geht's deiner Mutter?«

»Wie immer.«

»Und Charlotte?«

»Ist immer noch da. Gehört zur Familie, verstehst du?« sagte er und ließ seinen Bizeps spielen. Ich sah, daß er sich einen Schnurrbart wachsen ließ. »Die Familie verschwindet nicht«, sagte er. »Eine Familie besteht ewig.«

»Was steht in der Zeitung?« fragte ich, warf sie in den Abfall und schlürfte meinen Kaffee.

»Na, dieser Typ da, den sie weggepustet haben?«

»Ja?« Ich beobachtete ihn. Wir waren so ruhig. Wir waren beide wieder im normalen Alltagsleben.

»Es ist rausgekommen, daß irgendeine Frau vor ein paar Monaten zur Polizei gegangen ist und versucht hat, ihn anzuzeigen. Eine Tänzerin. Er fuhr sie eines Nachts in seinem Taxi von New Jersey nach Hause, rief sie am nächsten Tag an und sagte, daß er sie umbringen würde. Es stellte sich heraus, daß sie zwei Wochen danach tot war, aber niemand hat die beiden Sachen in Zusammenhang gebracht.«

Er war so cool, er hätte über einen x-beliebigen Menschen reden können. Ich sah, daß Daniel ein Mann wurde.

»Wieso hat es niemand in Zusammenhang gebracht?« fragte ich und spielte sein Spiel mit, weil ich kein eigenes hatte.

»Naja, in der Zeitung steht, die Bullen wollten die Anzeige nicht aufnehmen. Sie fragten sie, woher sie wüßte, daß der Typ am Telefon der war, der das Taxi gefahren hatte. Sie wollten wissen, wieso sie sich so sicher war. 'Sie reden doch mit vielen Männern.' Einer der Bullen erinnert sich, das gesagt zu haben.«

»Und was hat sie gesagt?«

»Weiß ich nicht mehr. Schau in der Zeitung nach.«

Ich fischte sie wieder aus dem Abfalleimer und schlug Seite elf auf. Ich merkte, daß Daniel ganz langsam wegging. Wir brauchten uns nicht zu verabschieden.

»Bei mir rufen keine Männer an«, hatte sie in jener Nacht zu den Polizisten gesagt. »Bei mir rufen nie Männer an.« Aber die Bullen kamen nicht drauf, was Punkette meinte. Sie checkten es nicht.

Ich war in diesem Moment so einsam – ich bin noch nie so einsam gewesen. Ich überlegte, ob ich versuchen sollte, mich an jedes Mal zu erinnern, wenn ich in meinem Leben Trost gebraucht hatte und jemand dagewesen war, um mich zu trösten. Doch statt dessen ging ich zurück in den Park, setzte mich auf eine Bank und sah den alten Leuten mit ihren alten Hunden und den jungen Leuten mit ihren jungen Hunden zu. Ich sah zwei jungen Skinheads zu, die versuchten, einen Ball ins Tor zu schießen, und einem Mann, der Wein aus einer Papiertüte trank. Eine ältere Frau versuchte, einer jüngeren Frau etwas Kompliziertes zu erklären, und ein älterer Mann und ein jüngerer Mann waren ineinander verliebt. Ich sah KunststudentInnen in ausgeflippten Klamotten, die Zigaretten rauchten, und ein Hetero-Paar, das Streit hatte. Ich sah alles, denn die Sonne schien so hell, und oben in meinem Kopf braute sich ein Sturm zusammen.

Und da wurden mir ein paar ganz persönliche Dinge klar.

Meine Laune ändert sich schlagartig.

Ich habe das Gefühl, Leuten nahezustehen, wenn ich Angst vor ihnen habe.

Alle Menschen, die ich bis jetzt kennengelernt habe, habe ich als Maßstab genommen, um zu sehen, wie es ist, eine Beziehung zu haben, inwieweit ich ein Bedürfnis danach habe und wie oft mich eine solche Beziehung enttäuscht.

Es ist alles vorbei, dachte ich.

Ich erinnerte mich an alles, was geschehen war, und das einzige, was darauf hinwies, war Priscillas Revolver. Ich nahm ihn aus meiner Tasche, rieb ihn sauber und wickelte ihn in eine alte Kartoffelchips-Tüte, die aus dem Abfalleimer herausschaute. Dann steckte ich die Tüte unter die Bank, wo sie von einer gefunden werden konnte, die einen Revolver brauchte.

Es gab keinen Menschen mehr, vor dem ich Angst haben mußte.

In diesem Moment kam ich wunderbar ohne das alles aus. Ich vermißte weder Priscilla und ihr Polyester noch Charlotte und ihre Macht noch Beatriz und ihr Verlangen. Nichts davon war mehr faszinierend. Nichts davon war toll. Ich wollte nicht mehr in irgendwelchen Go-Go-Clubs oder schmutzigen Theatern oder verräucherten Bars oder bei Treffen der Anonymen Alkoholiker landen. Das alles bedeutete mir nichts. Es gab nur eins, was mir wirklich fehlte. Mir fehlte Delores.

1992 – Ariadne wird immer unbescheidener...

...und macht das Dutzend voll. In diesem Jahr werden zwölf Krimis unsere Reihe weiter ausbauen und für schlaflose Nächte sorgen. Die immer weiter wachsende Nachfrage nach unseren Ariadne-Krimis verstehen wir auch als Auftrag, die schon eingeführten Autorinnen mit ihren weiteren Büchern auch in unserer Reihe fortlaufend zu veröffentlichen. So erscheinen im ersten Halbjahr 1992 bei Ariadne die jeweils zweiten Krimis von Cannell, Wilson und Magezis sowie der dritte von Forrest.

Der Witwenclub von Dorothy Cannell (kommt Ostern) führt die Personen aus *Die dünne Frau* wie in einem Fortsetzungsroman in weitere Abenteuer. Ellie, jetzt verheiratet, lernt darin die Vorzüge von Beerdigungen sowie zwei unternehmungslustige ältere Detektivinnen kennen und schätzen. Cannells Stärke ist nach wie vor die kluge sprachliche Komik und der zärtlich-ironische Umgang mit frauentypischen Tagtraumthemen.

In *Ein Nachmittag mit Gaudí* von Barbara Wilson (ebenfalls Ostern) sind, wie bereits im *Pornokongreß*, Themen aus der Frauenbewegung aufgenommen. Jedoch werden auf ganz andere, sehr humorvolle Weise vermeintliche Sicherheiten spielerisch-subversiv untergraben; die neue, welterfahrene Heldin Cassandra Reilly bewegt sich durch ein Labyrinth voller Verwechslungen in einem wachsenden Durcheinander von Geschlechtsrollen.

In *Schüttelfrost* (kommt Pfingsten) läßt Joy Magezis ihre Hauptfigur aus *Untergetaucht* neuerlich das Netz von politischer Intrige und Befreiungskämpfen entwirren. Ihre Frauengestalten sind durchaus solidarisch und politisch bewegt, aber zugleich in Privatheit verstrickt. Mit seiner Nicaragua-Thematik ist *Schüttelfrost* ein echter Krimi der Achtziger.

Schließlich (auch Pfingsten) *Beverly Malibu*, der dritte Roman von Katherine V. Forrest (nach *Die Tote hinter der Nightwood Bar* und *Amateure*). Kriminalkommissarin Kate Delafield ermittelt hier in einem Fall, der sie zurückführt in die politischen Intrigen der McCarthy-Ära. Zusätzlich faszinierend an diesem Krimi ist der Zusammenhang von Verrat und Karriere noch heute bekannter Filmschauspieler.

Mit den allerersten beiden Krimis des Jahres 1992 (Ende Januar) stellen wir zwei neue Autorinnen vor. Zunächst zu Joan Hess, deren Buch *Rufmord* den Auftakt von drei Romanen bildet, die wir aus ihren circa 20 Krimis vorerst ausgewählt haben. Verglichen zu den Bewegungen, die unsere Frauenkrimis vorführen, scheint Joan Hess noch eher zur alten Krimischule zu gehören. Was uns jedoch an ihnen von Anfang an begeisterte, ist der bissig-amüsant geschilderte, aber enorm sorgfältige Blick auf den gewöhnlichen Frauenalltag, der als sozialer Hintergrund die Krimihandlungen bestimmt. Natürlich ist die Hauptgestalt eine Frau, sie besitzt eine kleine Buchhandlung und ist außerdem Mutter einer halbwüchsigen Tochter, welche die Krimihandlungen ebenso stört wie voranbringt. Wieder einmal ist es das Universitätsfeld, welches mit seinen vielen Unfähigkeiten, Hochstapeleien und sexuellen Intrigen den kriminalistischen Plot ausmacht.

Ganz anders der Roman von Sarah Schulman, *Ohne Delores*. Schulman ist für uns eine herausfordernde Entdeckung. In einem Stil, wie wir ihn zuletzt bei Jean Genet lasen, schreibt sie über Leben und Subkultur auf den Straßen New Yorks. Die Handlung selbst ist wie ein langer Gang durch diese Straßen. Daß überhaupt ein Verbrechen geschieht und Aufdekkung nötig wird, ist eher unwesentlich, wesentlich ist, wie gelebt wird. Moral, ein typischer Baustein des Krimigenres, wird hier bezweifelbarer, beiläufiger. Spätestens in diesem Roman von Sarah Schulman wird der Übergang von Krimi zu Romanliteratur vorgebahnt.

Daher waren wir auch nicht mehr allzu überrascht, als uns

sowohl Sarah Schulman als auch kurz darauf Barbara Wilson einige größere Romane von sich schickten und somit zeigten, daß sie die Gattungsgrenzen von Trivialliteratur zu Literatur längst überschritten hatten, oder eben diese Grenzen nicht ernst nahmen. Diese Erfahrung begeisterte uns ebenso wie die Romane selbst. In ihnen nutzen beide Autorinnen das breitere, nicht durch den Krimistandpunkt eingegrenzte Feld dazu, Lebensweisen von Frauen heute, die selbst schon aufgebrochen sind, vorzustellen. Frauen also, für die die Frauenbewegung oder/und Studentenbewegung der späten sechziger Jahre schon zur eigenen Geschichte gehört, welche ihr individuelles Verhalten und ihre Beziehungen zu sich selbst und zu anderen verändert hat. Und auch junge Frauen, die bereits mit den Fragen des Feminismus aufwuchsen. Neue Frauen in alten gesellschaftlichen Verhältnissen, die darum umso eindringlicher ihre Unlebbarkeit zeigen.

Aufgerührt durch solche Leseerfahrungen beschlossen wir, unsere Krimi-Reihe durch eine solche Literatur-Reihe, wie sie uns unsere eigenen Autorinnen nahelegen, zu erweitern. Wir gewannen noch Marge Piercy (die durch ihren utopischen feministischen Roman »Die Frau am Abgrund der Zeit« schon einigen Leserinnen bekannt sein dürfte), weil auch ihre Romane aufwühlend und literarisch bahnbrechend von Frauenleben und darin enthaltenen Fallen und Widersprüchen künden. Im Mai 1992 beginnen wir diese Reihe – die *edition ariadne* – mit zwei Büchern: *»Unbescheidene Frauen«* von Barbara Wilson und der große Roman um Aids, *»Leben am Rand«*, von Sarah Schulman. Geplant sind für die folgenden Jahre schon zwei weitere Romane von Schulman, einer von Barbara Wilson (die übrigens zur deutschen Veröffentlichung von *»Unbescheidene Frauen«* und ihrer beiden Krimis im Juni 92 eine Veranstaltungsreise durch eine Reihe deutscher Städte machen wird), und etliche Titel von Marge Piercy. Jährlich werden zwei neue Bücher erscheinen. Wir versuchen die Preise so gering wie möglich zu halten, das heißt konkret: die ersten beiden werden 25,– DM und 27,– DM kosten. Die *edition ariadne* wird wie die Krimis in den Buchhandlungen erhältlich sein. Zusätzlich kann sie auch beim Verlag direkt abonniert werden, und zwar zum Ladenpreis (der je nach Länge unterschiedlich ist), aber ohne Versandkostenzuschlag.

An unserer geplanten Zeitschrift, dem Ariadne-Forum, arbeiten wir noch (es ist auch noch Platz für Leserinnenbeteiligung in Gestalt von Kommentaren und Diskussion). Wenn alles klappt, und uns die Zeit nicht wieder davonläuft, wird bis zum Erscheinen der ersten Romane der *edition ariadne* auch die erste Ausgabe vorliegen.

Es gilt noch immer: Schreibt uns, macht mit.

Frigga Haug, Else Laudan

Ariadne Redaktion (Else Laudan)
Argument Verlag · Rentzelstraße 1 · 2000 Hamburg 13

In der Ariadne-Reihe sind bisher erschienen:

Ariadne 1001 Anthony Gilbert: Das Geheimnis der Jungfer
Ariadne 1002 Marion Foster: Wenn die grauen Falter fliegen
Ariadne 1003 Joy Magezis: Untergetaucht
Ariadne 1004 Anthony Gilbert: Fette Beute
Ariadne 1005 Lauren Wright Douglas: Lauernde Bestie
Ariadne 1006 Jessica Mann: Das Gewerbe der Mrs. Knox
Ariadne 1007 Katherine V. Forrest: Die Tote hinter der Nightwood Bar
Ariadne 1008 Josephine Bell: Mord im Ruhestand
Ariadne 1009 J. R. Hulland: Der Tod studiert mit
Ariadne 1010 Masako Togawa: Der Hauptschlüssel
Ariadne 1011 Sarah Dreher: Stoner McTavish
Ariadne 1012 P.M. Carlson: Vorspiel zum Mord
Ariadne 1013 Val McDermid: Die Reportage
Ariadne 1014 Kim Småge: Die weißen Handschuhe
Ariadne 1015 Katherine V. Forrest: Amateure
Ariadne 1016 Dorothy Cannell: Die dünne Frau
Ariadne 1017 Kim Engels: Zur falschen Zeit am falschen Ort
Ariadne 1018 Dolores Komo: Clio Browne, Privatdetektivin
Ariadne 1019 Barbara Wilson: Der Porno-Kongreß
Ariadne 1020 Sonja Lasserre: Gestern, heute und kein Morgen
Ariadne 1021 Val McDermid: Das Nest
Ariadne 1022 P.M. Carlson: Sicher ist nur Mord
Ariadne 1023 Sarah Dreher: Schatten (Stoner McTavish 2)
Ariadne 1024 Joan Hess: Rufmord
Ariadne 1025 Sarah Schulman: Ohne Delores

Frigga Haug / Kornelia Hauser (Hg.)

Die andere Angst

286 S., DM 18,50

Angst gehört so sehr zu den Erinnerungen, die bis in die Gegenwart hineinreichen, daß sie fast ein natürliches Befinden zu sein scheint, ständig bereit, Leib und Seele in einen Alarmzustand zu versetzen.
Angst vor der Dunkelheit, Angst vor Höhen und Tiefen, vor Geschwindigkeit. Später Angst vor Öffentlichkeit, vor Fremdheit, vor Veränderung. Angst, vor der geflohen, Zuflucht gesucht, ein Heim gefunden wird. So begleitet Angst zweckmäßig den Frauenweg in die geschützten Räume. Der Zustand hindert, Plätze einzunehmen, die es zur Wendung bräuchte. Frauen schreiben über eigene Angsterfahrungen, diskutieren Theorien der Angst und formulieren den Vorschein auf eine andere Welt, die für Frauen bewohnbar wäre. Themen sind: Angst um die Körper in Geschlechterverhältnissen, Normalisierungsängste in Produktionsverhältnissen, Ohnmachtsängste in Politikverhältnissen, Kinderängste, Männerängste.